OLIVIER AUBERT

LE MYSTÈRE DE LA PRESQU'ÎLE

Roman policier

ÉDITIONS COLINE JULIEN

REMERCIEMENTS

À mes enfants,
pour leur patience lorsque je les associais un peu excessivement à ma passion pour mes activités professionnelles.

À Coline,
pour avoir relu et corrigé cet ouvrage, m'avoir prodigué ses conseils avisés, et m'avoir encouragé.

À Sylvia,
pour sa compréhension lorsque je m'isole pour écrire et qu'ensuite, je lui parle de personnages qui ne vivent que dans ma tête.

À Colette et Daniel,
sans qui rien n'aurait été possible.

À Michel Chinardet,
pour sa complicité amusée, et pour nos discussions à critiquer ce qui doit l'être, avant de rêver de la construction d'un monde meilleur.

À Isabelle Buttafoghi,
pour son accueil, et pour ses précieuses informations concernant le fonctionnement de la maison funéraire.

Au commandant Jean-Luc César, au major Denis Berlingen, et au capitaine Philippe Vuylsteke pour leurs précisions techniques et leurs anecdotes d'officiers de police et de gendarmerie.

Malgré un égocentrisme foncier qui confine à l'hystérie, je ne peux m'empêcher de me sentir solidaire de tout journaliste attaqué.

Quand la presse est muselée, c'est toujours un peu Hitler qui revient.

Pierre Desproges
Fonds de tiroir (1990)

MAGIC WORLD

Ce matin-là, tout aurait pu se dérouler comme à l'accoutumée. C'était un dimanche calme et ensoleillé à la fin de l'hiver. Certes, la température n'était pas encore comparable à celle que l'on connait ici, à Hyères, dès le printemps, mais elle permettait déjà aux familles et aux sportifs de profiter de la promenade aménagée en bordure de mer, entre le port Saint-Pierre et l'Ayguade.

Peu avant dix heures, François et ses amis s'étaient élancés de la place Saint-Louis pour leur footing domiical. Habituellement, tous appréciaient les berges du Roubeau pour rejoindre le quartier de Macany avant d'emprunter les chemins de traverse qui les emmenaient jusqu'au Gapeau. Ce parcours champêtre, ils l'empruntaient chaque dimanche et en connaissaient les moindres détails. Pour on ne sait quelle raison, ce matin-là, le coach leur proposa un autre itinéraire.

— Changement de programme, annonce François. Je vous propose d'aller jusqu'à la plage de l'Almanare.

Au sein du groupe d'une dizaine d'amis, cette proposition ne semble pas séduire tout le monde. Autant la promenade en bordure de mer face à l'île de Porquerolles est un cadre magnifique, autant la suite du parcours avec la traversée du port puis de la zone résidentielle autour de l'hippodrome est un peu trop urbanisée au goût de certains. Peu importe, tous suivent leur meneur d'allure dans la bonne humeur. En moins de trente minutes, ils arrivent à l'entrée de la presqu'île de Giens en direction de l'Almanare. De chaque côté de la Route des Marais se trouvent les grandes étendues d'eau des anciens salins des Pesquiers, l'un des espaces naturels les plus remarquables du littoral varois. Ce lieu, très prisé par les amoureux et les défenseurs de la nature, offre un ensemble d'habitats accueillant plus de 200 espèces d'oiseaux et 300 variétés de plantes. À cet endroit, les flamants roses sont légion, un vrai bonheur pour les chasseurs d'images qui s'émerveillent devant tant de beauté.

Un peu plus loin se trouve le Magic World, le parc d'attractions d'Hyères. Chaque soir de mai à septembre, il est le lieu de rencontre des vacanciers et des habitants de la région. De 20h00 à 2h00 du matin, les manèges à sensation, les brasseries et les stands forains attirent des milliers de visiteurs. Ce dimanche matin, c'est sur le parking du Magic World que l'animation se trouve. Comme chaque week-end se tiennent « Les bonnes puces », un gigantesque marché à ciel ouvert qui propose des objets de toutes tailles, de tous styles et de tous usages, vendus par les brocanteurs de la région et les particuliers.

Ce n'est pas vers les puces que le regard des sportifs se tourne mais vers un véhicule stationné à l'écart des autres, presque dissimulé parmi les bambous.

— Ils se garent vraiment n'importe où ces cons-là, proteste un membre du groupe.

La berline noire de marque allemande a été laissée à l'écart de la piste cyclable, à proximité du grand huit du parc d'attractions.

— On croirait que le parking n'est pas encore assez grand. Non, il faut qu'ils viennent se garer là en écrasant les bambous. En plus, j'aurais une belle bagnole comme celle-là, je ne m'amuserais pas à venir la garer ici.

— Il est vrai que la tienne craint moins que celle-ci, lui répond un autre, ce qui clôt provisoirement l'incident.

Quelques minutes plus tard, le groupe s'offre une pause ravitaillement à l'entrée de la Route du sel à l'Almanare. La discussion reprend à propos de ce véhicule mal stationné.

— C'est quand même étrange cette voiture stationnée à cet endroit, à moitié enfoncée dans les bambous, s'étonne Karine. Nous aurions peut-être dû nous arrêter.

— Avec la foule qui se trouve aux puces ce matin, ça ne m'étonne pas que certains se garent n'importe où, lui répond Gérard.

— Si elle y est encore à notre retour, promis, on s'arrête, déclare François avant de relancer le footing.

Quelques minutes plus tard, ils constatent que la BMW immatriculée dans le Var n'a pas bougé. Gérard décide de s'en approcher pour en faire le tour.

— Oh merde ! Elle n'est pas mal garée, je pense plutôt qu'elle a été volée. La portière côté passager est entrouverte et venez voir, la boîte à gants a été vidée sur le siège.

— Laisse tomber, tu vas nous attirer des ennuis, ne touche à rien et reviens là, lui conseille Jean-Claude.

François, qui ne se sépare jamais de son portable, propose de prévenir la police tandis que Karine invite ses amis à s'éloigner de quelques mètres de ce véhicule devenu suspect à ses yeux.

— Allo, je suis bien au commissariat de police d'Hyères. Je vous appelle pour vous signaler la présence d'un véhicule visiblement volé devant le Magic World.

Le fonctionnaire en charge des appels souhaite plus de précisions avant d'envoyer une patrouille sur place.

— Pouvez-vous m'indiquer votre identité et votre adresse puis les circonstances dans lesquelles vous avez découvert ce véhicule qui vous semble avoir été volé ?

François répond avec précision au policier qui lui demande de rester sur place en attendant l'arrivée d'une patrouille. Celle-ci tarde un peu à venir ce qui agace plusieurs sportifs dont Karine.

— Quelle idée tu as eue de nous proposer ce parcours ce matin ! Et peut-être que cette voiture n'est même pas un véhicule volé ! Nous allons voir arriver son propriétaire qui va nous demander de nous occuper de nos affaires. Plus encore si les policiers arrivent eux aussi au même moment. Moi, je commence à avoir froid, je n'attends pas les flics, je rentre à l'Ayguade !

— Moi aussi, renchérit un autre, visiblement agacé par cet épisode inattendu.

Quelques minutes plus tard, la patrouille de police se présente sur les lieux.

— Bonjour messieurs, c'est vous qui avez appelé pour un véhicule volé ?

— Oui, répond François. C'est en passant tout à l'heure que nous avons constaté la présence de cette BMW à l'écart du parking et quand nous nous en sommes approchés, nous avons remarqué que la portière était ouverte et qu'elle avait été fouillée.

— OK. Restez là, ordonne le fonctionnaire, nous allons vérifier s'il s'agit d'un véhicule signalé volé.

Pendant qu'il consulte la base de données de la police, son collègue tourne autour de la voiture.

— Vous n'avez rien touché j'espère ! s'exclame le policier. Il n'y a aucune trace d'effraction, peut-être que ce véhicule était stationné ici, portières non fermées, et qu'il a été fouillé.

À cet instant, son collègue est de retour.

— Le véhicule n'est pas déclaré volé. Il appartient au patron du restaurant Les Trois Marches au Pont-du-Var. Nous allons le prévenir que sa BMW n'a rien à faire ici, qu'elle a déjà été fouillée, et que s'il tarde à venir l'enlever, c'est à la fourrière qu'il ira la rechercher.

Les policiers claquent la portière entrouverte et quittent les lieux tandis que les sportifs reprennent leur footing pour rentrer à l'Ayguade.

Un peu plus tard dans la matinée, à La Sirène, place Jean-Pierre Daviddi, alors qu'il partage un café en terrasse avec ses amis, François est rappelé par un policier.

— Nous aurions besoin de vous entendre concernant le véhicule pour lequel vous nous avez appelés. Pourriez-vous passer dès que possible ?

— Oui bien sûr. Il y a du nouveau ?

— Je ne peux rien vous dire par téléphone mais nous aimerions vous entendre dès demain matin à propos de ce véhicule.

François vient de changer de visage. D'ordinaire souriant et farceur, il se montre étrangement inquiet. Cet appel ressemble plus à une convocation formelle qu'à une invitation à apporter quelques renseignements.

Pendant ce temps, du côté du Magic World, la situation évolue. Les policiers sont de nouveau sur place et attendent le véhicule de la fourrière. Ils viennent d'apprendre que Roger Delarche, le propriétaire de la BMW et du restaurant, n'est pas rentré chez lui depuis deux jours et que son portable est coupé. Le fait que son véhicule ait été retrouvé ouvert à proximité des plans d'eau des Salins des Pesquiers inquiète les policiers.

— Soit il est dans les bras d'une maîtresse, soit il est au fond du plan d'eau, s'autorise à commenter un policier aussitôt repris par son supérieur qui lui ordonne d'aller vérifier les alentours.

— Soit il est allongé parmi les bambous avec une balle dans la tête ! Alors puisque tu es en grande forme, tu vas aller y jeter un œil et nous dire ce que tu vas y trouver !

Le blagueur est soudainement moins souriant. La recherche d'un cadavre est détesté par les personnels des services de sécurité et de secours. Il avance vers les bambous avec l'espoir secret de ne pas se retrouver face au corps inanimé de Delarche. Il regarde également à l'intérieur du parc d'attractions, il ne voit rien.

Le camion de la fourrière vient d'arriver. Les policiers demandent au chauffeur de patienter quelques minutes, le temps pour eux d'effectuer les relevés d'usage et de prendre quelques photos de la voiture.

— C'est nouveau de devoir procéder de la sorte avant d'enlever un véhicule ? s'étonne le mécano.

— En fait, il ne s'agit pas d'une BMW mal stationnée ou volée, aucune plainte n'a été déposée, lui précise le lieutenant de police. En revanche, nous savons que son propriétaire n'a pas donné signe de vie depuis deux jours. Tout est donc possible.

Prudent, le chauffeur du véhicule de la fourrière demande aux policiers d'inspecter la totalité de la BMW et de lister les objets s'y trouvant avant qu'il la prenne en charge pour l'emmener au dépôt .

Le coffre n'est pas verrouillé. Les policiers l'ouvrent et découvrent ce qu'ils redoutaient.

BRETON

Le corps d'un homme de forte corpulence est recroquevillé dans le coffre, posé sur des objets et des outils. L'odeur qui se dégage du véhicule est celle de la mort. Suicide ou assassinat, l'enquête devra le déterminer. Les policiers demandent aux badauds présents de reculer et de ne prendre aucune photo ou vidéo de la BMW.

Inévitablement, la nouvelle va se répandre comme une trainée de poudre sur les réseaux sociaux, à commencer par la page Facebook du groupe *Tu sais que tu es de Hyères les Palmiers* qui compte plus de douze mille membres. Le lieutenant de police passe son premier message radio pour solliciter du renfort.

— Je suis sur le parking du Magic World, route des Marais. Je vois un véhicule noir, de marque BMW immatriculé DF 635 XP, à l'intérieur du coffre duquel se trouve le corps inanimé d'un homme dont la tête est dissimulée dans un sac en tissu. Afin de préserver la zone de crime et de relever les indices en toute sécurité, je demande le renfort d'équipes supplémentaires afin d'éloigner le public nombreux en raison de l'organisation des Puces à proximité.

Plusieurs véhicules de police arrivent rapidement sur les lieux, toutes sirènes hurlantes. Des toiles sont tendues pour couper court à la curiosité des amateurs de sensations fortes qui sont même invités à quitter l'endroit.

Freslaud, le commissaire de police d'Hyères, est prévenu. Alors qu'il se préparait à partager un déjeuner en famille à La Londe les Maures, il quitte précipitamment ses proches afin de se rendre sur place au plus vite.

Il souhaite animer un premier point de situation avant d'alerter le Parquet de Toulon.

À peine est-il arrivé devant le Magic World qu'il pose déjà une batterie de questions.

— Qui nous a prévenus et qui a découvert le corps ? Est-ce que nous connaissons l'identité de la victime ? Comment est-il mort ? La famille a-t-elle été prévenue ? Est-ce que les relevés d'empreintes ont été effectués ?

Les questions fusent mais les réponses ne lui conviennent pas. Le patron hyérois est un bon flic et face à une affaire criminelle mystérieuse, son cerveau s'emballe. Il pose des questions auxquelles il est impossible de répondre mais c'est sa manière très personnelle de s'imposer face à ses équipes, leur laissant peu de temps pour lui répondre, imaginant qu'il prouve ainsi son expertise.

— Vous ne touchez plus à rien jusqu'à l'arrivée des enquêteurs. Qui est de permanence aujourd'hui ?

— C'est Breton patron. Lui aussi a été prévenu, il ne devrait pas tarder à arriver.

Breton est un fonctionnaire qui a surtout l'expérience du terrain pour l'avoir acquise en uniforme, au contact de la population, avant de réussir le concours interne pour devenir enquêteur. Il est venu renforcer l'équipe hyéroise après le départ précipité de Morin, un brigadier-chef dont Freslaud a obtenu la mutation dans un autre département à la suite de ses initiatives peu appréciées dans une affaire rocambolesque.

Sans détenir de preuves et pourtant convaincu d'avoir identifié celui qu'il croyait être l'auteur d'un enlèvement, Morin avait négligé des éléments importants en enquêtant sur la disparition d'une touriste étrangère sur l'île de Porquerolles. Les médias nationaux s'étaient passionnés pour cette affaire et finalement, c'était eux qui avaient remis policiers et magistrats sur la bonne piste. Freslaud avait frôlé le ridicule et s'était retrouvé fragilisé par cette histoire à cause de Morin dont il n'avait pas tardé à demander la tête. Connu pour son flair et son palmarès, Freslaud n'avait pas eu envie de ruiner sa réputation à cause d'un imbécile. Afin de ne plus jamais se trouver dans une telle situation, il avait aussitôt modifié le management de ses équipes et exigeait désormais des points réguliers et précis de la part de ses hommes.

Évidemment, Breton allait subir cette pression.

— Prenez des photos de chaque élément. Je veux un plan large du véhicule, une série de photos du corps sous tous les angles, des gros plans des objets se trouvant dans le coffre, dans l'habitacle et autour du véhicule. Je veux un PV précis sur la position du corps et quand il sera extrait du coffre, je veux que vous filmiez afin que rien ne nous échappe. Dès que Breton arrive, vous me l'envoyez. Je retourne à ma voiture pour prévenir le Parquet.

— OK patron ! répond le capitaine Leclerc qui dirige l'intervention.

Pendant que Freslaud regagne son véhicule, le capitaine transmet les consignes à ses hommes et chacun s'emploie à les exécuter avec rigueur.

Breton est à présent devant le Magic World. Il scrute l'environnement et s'avance doucement vers la scène de crime. C'est sa façon de prendre en charge une enquête, mais, aujourd'hui, il sait que pour la première fois de sa carrière d'enquêteur, il va se retrouver face à un cadavre.

Le capitaine Leclerc vient à sa rencontre.

— Le patron veut te voir. Il est dans sa voiture. Il est en ligne avec le Parquet. Tu veux un point rapide ?

— Non merci, c'est bon, j'ai déjà eu quelques infos par radio. Un mec s'est fait descendre et a été balancé dans le coffre de sa bagnole.

— On ne sait pas du tout ce qu'il s'est passé. Il n'y a aucune trace de sang au sol et pas plus à l'intérieur de la BM. Le patron ne veut pas qu'on bouge le corps pour l'instant. Moi ça me rappelle une affaire sordide sur laquelle j'avais travaillé lorsque j'étais en poste en Normandie. Un commerçant ruiné s'était enfermé dans le coffre de sa voiture après avoir avalé des somnifères. Il était mort asphyxié.

— Bon, je vais voir le patron et je reviens. Faites en sorte que personne ne puisse s'approcher pour se faire mousser en diffusant sur internet des clichés de la bagnole. Masquez tout de suite l'immatriculation.

— Tu penses à tout ! Il est certain que désormais, il faut tout prévoir et ce serait galère si des photos de la voiture avec la plaque lisible se retrouvaient partagées sur le net.

Freslaud a déjà pris contact avec le Parquet lorsque Breton le rejoint. À travers les vitres de son véhicule, le commissaire lui adresse un signe de la main pour lui signaler qu'il l'a vu mais qu'il ne souhaite pas être dérangé. En effet, Breton voit Freslaud débuter une conversation téléphonique qui semble de grande importance. C'est le Procureur de la République de Toulon qui appelle.

— Bonjour commissaire. J'ai été prévenu par mon parquetier que vous aviez une affaire criminelle sur votre territoire. Qu'en est-il exactement ?

— Mes respects Monsieur le Procureur. Il s'agit du corps d'un homme, non identifié à l'heure actuelle, qui a été trouvé dans le coffre d'un véhicule appartenant à un restaurateur du Pont-du-Var.

— Quel restaurant ?

— Les Trois Marches !

— Très bel établissement et très bonne clientèle. Assurez-vous que cette nouvelle ne se propage pas trop vite ! Rappelez-moi le nom du propriétaire des Trois Marches.

— Roger Delarche. Mais nous ne savons pas encore s'il s'agit de lui, le visage du cadavre est caché dans un sac en tissu. J'attendais vos consignes pour savoir si vous nous confiiez l'enquête ou si nous attendions l'arrivée du SRPJ pour procéder à la levée de corps.

— Les hommes du SRPJ sont mobilisés sur une importante affaire criminelle à dimension régionale, voire nationale, liée à un réseau de trafiquants de drogue marseillais. Je vous confie l'enquête Commissaire, mais je veux être informé étape par étape et je ne veux pas d'initiative fragilisant notre institution.

Freslaud sait à quoi s'en tenir, le Procureur de Toulon lui laisse l'enquête mais uniquement parce qu'il ne peut pas saisir le SRPJ actuellement.

— Je dois vous informer, Monsieur le Procureur, que j'ai alerté le Préfet à la suite de cette macabre découverte. Nous avons appris que Delarche est l'ami de nombreuses personnalités dont plusieurs élus varois de premier plan et de deux ministres.

— Pourquoi avez-vous alerté la Préfecture avant le Parquet ? Ce Delarche est-il un élu lui-même ?

— J'ai d'abord informé vos services et ce n'est que plus tard dans la matinée, lorsque nous avons obtenu des informations plus précises sur le propriétaire du véhicule et sur ses relations que j'ai alerté le préfet avant qu'il ne l'apprenne par les réseaux sociaux. Delarche n'est pas élu lui-même mais il soutient certains candidats qui organisent des réunions politiques chez lui.

— Et la presse ? Vous l'avez alertée elle aussi ?

— Non, aucune communication de notre part avec la presse mais sachez que les journalistes de *Var Matin* sont très bien implantés ici et je pense qu'ils ne vont pas tarder à se présenter.

— Vous les tenez à distance en élargissant le périmètre de sécurité afin qu'ils ne puissent pas voir ce véhicule et silence absolu sur l'identité du propriétaire. Pour retarder la diffusion d'informations, dites-leur que je tiendrai un point-presse cet après-midi à 16 heures au Tribunal de Grande Instance et que vous ne pouvez rien dire avant mon intervention. Nous pourrons gagner ainsi queques heures précieuses.

— C'est entendu, vous pouvez compter sur moi, Monsieur le Procureur.

La conversation terminée, Freslaud sort de son véhicule. Breton vient aussitôt à sa rencontre afin de prendre les consignes.

— Bonjour patron.

— Bonjour Breton. Vous arrivez ou vous êtes déjà allé

voir le véhicule et le corps ?

— J'ai déjà vu, mais les collègues sur place m'ont précisé que vous ne vouliez pas que l'on touche à quoi que ce soit.

— En attendant l'arrivée des enquêteurs … ajoute Freslaud sur un ton qui laisse penser que les fonctionnaires n'ont pas saisi la totalité de sa consigne. Maintenant que vous êtes sur place, à vous de jouer Breton. Ce sera votre baptême du feu parmi nous. Un cadavre totalement inconnu de nos services, abandonné dans le coffre d'une voiture, peut-être même la sienne, ça compte dans une carrière de flic. À vous de résoudre cette énigme mais faites vite, je ne voudrais pas que le SRPJ de Marseille nous envoie son équipe de Toulon.

— Que dit le Procureur ?

— D'après vous ? Nous avons un mort « oublié » dans un coffre. Que voulez-vous qu'il dise ? Il ouvre une enquête pour assassinat.

— Ou suicide ! croit utile d'ajouter l'enquêteur qui espère impressionner Freslaud en répétant ce qu'il lui a été indiqué quelques instants plus tôt.

— Vous savez que vous allez devenir un grand flic Breton, lance le commissaire avec un léger sourire au coin des lèvres et une intonation à la Jean Gabin. On retrouve un type raide dans un véhicule abandonné à la vue de tous, et votre première idée c'est qu'il s'est certainement suicidé. Bravo champion, c'est du très haut niveau.

— Non, non, ce n'est pas ma première idée, c'est Leclerc qui vient de m'indiquer qu'il avait déjà vu ça lorsqu'il était en poste dans une autre région.

— C'est sympa de balancer un collègue après avoir laissé penser que cette idée aurait pu être la vôtre. Ce n'est pas en agissant de la sorte que vous allez avancer. À Hyères, nous sommes une équipe soudée et je ne veux pas de ces comportements qui nuisent à la qualité du boulot. Allons plutôt voir ce que vous valez réellement sur le terrain, au contact des indices.

Les deux hommes s'approchent du véhicule abandonné désormais masqué par des bâches tendues et surveillé par des policiers en tenue.

Freslaud s'adresse avec autorité et fierté à son équipe.

— Le Procureur nous confie l'affaire. Nous allons effectuer les constatations, sauvegarder les preuves et relever le maximum d'indices. Je préfère en avoir trop plutôt que de négliger des détails qui pourraient finalement se révéler d'une importance capitale.

Nul doute à cet instant qu'il repense à l'enquête menée avec négligence par Morin. Freslaud veut sa revanche face aux magistrats toulonnais qui l'avaient profondément contrarié au moment de l'affaire Natacha en sous-entendant qu'il n'avait pas su commander ses troupes. Après s'être débarrassé de Morin, il attendait une bonne occasion de prouver qu'il était toujours fidèle à sa réputation. Ce cadavre lui offrait cette chance qu'il n'allait laisser passer sous aucun prétexte.

— Inutile de vous faire un dessin Breton, cette enquête, c'est le commissariat d'Hyères qui la fera aboutir, et pas dans six mois.

Breton, qui doit sa promotion et sa place à Freslaud, ne peut pas dire le contraire, et l'heure est venue pour lui de prouver qu'il va être à la hauteur. Mais comment ? C'est la première fois qu'il se voit confier une telle responsabilité.

— Rassurez-vous, s'exclame Freslaud, ce sera le travail de toute l'équipe et s'il faut employer des moyens moins conventionnels, nous les emploierons.

— On commence dès maintenant patron ?

— Oui. Voyons ce que cache cette macabre découverte. J'ai demandé l'intervention des démineurs pour nous assurer que nous pouvons lever le corps sans risque.

— Vous craignez que le corps ne soit piégé ?

— Je ne crains rien, j'évite juste de perdre bêtement des indices utiles à la recherche de la vérité. On ne sait jamais, il suffirait que votre suicidé se soit maladroitement couché sur une grenade dégoupillée et hop, au moment où l'on soulève le corps, les indices disparaissent et nous avec.

— Le suicide, j'en ai parlé un peu naïvement je le reconnais, parce que Leclerc venait lui-même de m'en parler à propos d'une autre affaire. Je ne voudrais pas que vous pensiez que c'est ma conviction.

— J'aime mieux ça ! Nous sommes dans le Var ici, à

égale distance entre Marseille et Nice et il ne faut jamais oublier qu'il y a moins d'un quart de siècle, nos collègues avaient affaire au grand banditisme. Si vous voulez réussir Breton, il faut tout prévoir et procéder par élimination avant de retenir une piste possible et jamais l'inverse. Débuter une enquête avec une idée en tête, c'est le meilleur moyen de se planter.

DELARCHE

Les artificiers du centre de déminage de Marseille tardent à arriver ce qui provoque la colère de Freslaud contre Bernard Cazeneuve, le ministre de l'Intérieur. En 2016, le politique avait pris la décision de fermer le Centre interdépartemental de déminage de Toulon, basé à La Garde, à quelques kilomètres du Magic World.

— Depuis 1945, les démineurs toulonnais ont toujours répondu présents à chacune de nos demandes, en y faisant face avec sérieux et compétences. Alors que nous sommes en alerte permanente face aux dangers du terrorisme, l'État abandonne nos territoires pour des économies de bouts de chandelles. Désormais, il faut presque deux heures avant que les spécialistes du déminage n'interviennent sur un engin explosif. Je n'ose imaginer ce qu'il se produirait si nous devions faire face à une menace d'explosion avec risque de tuerie de masse. Il y a des jours où j'ai envie de tout envoyer promener.

Ce jour-là n'est pas encore arrivé et les hommes du commissariat d'Hyères le savent puisque leur patron tourne en rond comme un lion en cage, impatient de pouvoir déplacer le cadavre pour l'identifier et débuter les investigations.

Les deux démineurs arrivent enfin. Freslaud les accueille et leur explique son inquiétude face à une mise en scène qui lui semble suffisamment douteuse pour justifier sa prudence et leur intervention.

Le chef d'équipe et son adjoint déballent leur matériel et assurent leur propre protection en s'habillant d'une épaisse combinaison NRBC.

— Nous sommes prêts, Commissaire. Avez-vous des besoins particuliers ou souhaitez-vous uniquement que nous sortions le corps et que nous vérifiions le contenu du véhicule ?

— L'idéal serait de nous assurer que le corps n'est pas piégé et que nous puissions ensuite, mon enquêteur et moi, nous tenir auprès de vous pendant que vous le sortirez du coffre pour le poser à terre.

— Aucun souci. Dans un premier temps, nous souhaitons que tout le monde recule d'une centaine de mètres.

En quelques minutes seulement, les deux démineurs vérifient le dessous et l'habitacle du véhicule puis indiquent à Freslaud que tout est OK de ce côté-là. Ils se montrent beaucoup plus minutieux en s'intéressant au contenu du coffre et au cadavre lui-même. Munis de perches équipées de capteurs, ils inspectent l'intérieur du coffre et les objets s'y trouvant. Cette manœuvre nécessite un savoir-faire qui ne peut s'acquérir que par l'expérience. Du côté des policiers, tout le monde retient son souffle.

Visiblement, malgré la présence d'un matériel laissant penser à un acte criminel prémédité, il n'y a pas de charge explosive.

— Vous pouvez venir commissaire ! Il n'y a aucun risque, se réjouit le chef d'équipe des démineurs.

Freslaud et Breton vont enfin pouvoir identifier ce corps et débuter leur enquête.

Leclerc, et l'un de ses hommes, retirent à présent un à un les objets qui entourent le cadavre. Il y a là de quoi s'enrichir à la brocante organisée à deux cents mètres d'ici. Un carton contient des carafes, des couverts en argent et quelques beaux verres, peut-être même en cristal. Posés dans le fond du coffre se trouvent des outils, des clous, des boulons, un bidon d'huile et même une magnifique épée ancienne. Le corps a été déposé sans précaution au-dessus de ces objets. Il repose sur une longue corde utilisée couramment dans la région pour amarrer les bateaux. Il y a également deux pierres de taille moyenne mais suffisamment imposantes pour permettre de plonger un corps dans les eaux profondes des Salins.

— Sortez le corps afin qu'on libère la tête de cet homme, ordonne Freslaud.

Il ne faut pas moins de trois fonctionnaires pour lever le cadavre et le poser à même le sol, juste à côté du véhicule. Le temps de dénouer le sac en tissu qui lui recouvre la tête et le mystère est levé.

— Aucun doute, c'est bien Delarche, le propriétaire du restaurant du Pont-du-Var.

Freslaud est formel puisqu'en attendant l'arrivée des démineurs, il a eu le temps d'aller sur internet chercher des informations sur Roger Delarche et sur ses établissements.

Le commissaire a découvert que Delarche, en plus de posséder un établissement de très bonne renommée dans le haut Var, est également le propriétaire de l'un des plus grands établissements du port d'Hyères, la brasserie Chez Fernand, un lieu de rencontre entre touristes et autochtones, adresse incontournable avec son bar-tabac à l'angle de l'avenue du Docteur Robin et de la base nautique municipale, sa grande terrasse donnant sur le quai principal et sa salle pouvant accueillir jusqu'à cent cinquante clients en simultanée.

Il est déjà arrivé à Freslaud d'aller prendre un verre Chez Fernand mais il n'y a jamais croisé Delarche et pensait que l'établissement appartenait à Marco, son directeur omniprésent.

Marco est une figure sur le port. Cela fait de nombreuses années qu'il anime le quai en invitant des groupes musicaux à se produire, ou en installant des écrans géants en terrasse les soirs d'événements sportifs.

Il connait la majorité des commerçants, des plaisanciers et un grand nombre de résidents saisonniers.

Régulièrement photographié dans ses établissements en compagnie de personnalités de passage sur la côte varoise, Delarche, lui, ne cache pas sa préférence pour les élus solidement implantés dans la région et les hommes d'affaires. À aucun moment Delarche ne s'est porté lui-même candidat à une élection mais il a toujours été de tous les combats locaux, régionaux et nationaux. Il y a quelque temps, son restaurant avait été cité dans une sombre affaire d'expéditions punitives entre militants et colleurs d'affiches mais, faute de preuves, les poursuites avaient été abandonnées.

L'heure n'est pas à émettre des hypothèses mais à prévenir la veuve afin de recueillir son témoignage le plus discrètement possible. Freslaud confie cette mission à son enquêteur.

— Breton, vous allez vous rendre immédiatement au Pont-du-Var afin d'informer Mme Delarche que nous venons de découvrir le corps de son mari. Vous allez lui proposer de venir nous retrouver ici puis vous l'entendrez sur les activités et les relations de la victime.

— OK patron. Et si elle me pose des questions sur les circonstances de la mort ?

— Vous m'inquiétez Breton. On ne vous a pas appris à l'école de police que c'est nous qui posons les questions ? Il faut que vos yeux enregistrent sa réaction quand vous allez lui apprendre la mort de son mari. C'est un moment pénible, je le sais, mais vous devez percevoir son degré de souffrance à l'annonce de la mort de Delarche. Alors ne répondez jamais à ses questions, sauf si vos réponses peuvent la mettre en confiance.

— Je me mets simplement à la place de cette femme qui va inévitablement vouloir savoir comment et pourquoi son mari a été assassiné.

— Eh bien, voyez-vous, ce sont exactement les mêmes questions que je me pose, que le Procureur va me poser, que les avocats vont se poser et que les juges vont nous poser alors, vous ne donnerez aucune information à cette femme tant que nous n'aurons pas pris sa déposition. C'est elle qui va apporter les premières réponses à nos questions. Je veux savoir depuis quand Delarche a quitté son domicile, ses derniers contacts, son emploi du temps, sa situation financière, sa situation familiale, ses amis, ses ennemis … Je veux savoir s'il aimait chiner dans les brocantes et s'il avait un rendez-vous de prévu, à proximité des Puces. Enfin, je veux avoir la copie de ses comptes bancaires pour vérifier son train de vie, ses achats, ses dépenses. Vous voyez Breton, je suis certain que le temps va passer très vite avec la veuve Delarche. Prenez un collègue avec vous et allez-y dès maintenant.

Breton est à la fois enthousiaste et fier de se voir confier une telle responsabilité dès le début de l'enquête mais il sait aussi que le patron attend beaucoup de lui, peut-être trop. Il se dirige vers son véhicule en imaginant déjà son premier contact avec Mme Delarche.

Le corps de la victime est recouvert d'un drap et soigneusement protégé des regards. Freslaud contacte à nouveau le Parquet de Toulon afin de lui confirmer l'identité du cadavre. Le parquetier de permanence le met rapidement en contact avec le Procureur de la République.

— Vous avez du nouveau Commissaire ?

— Oui, je vous confirme que le corps retrouvé est bien celui de Roger Delarche, le restaurateur du Pont-du-Var. Nous avons établi nos constatations et j'ai demandé aux pompes funèbres Roblot de transporter le corps jusqu'à la morgue. Je souhaiterais que vous ordonniez une autopsie. Le corps ne présente aucune blessure apparente mais la couleur du visage me fait penser à un étranglement ou à un étouffement. Peut-être l'absorption d'un produit mortel. De plus, les objets que nous avons trouvés sur place me font penser que le projet des assassins était de le faire disparaître en le noyant dans les salins voisins.

— Vous avez mon accord pour l'autopsie. Je vais rédiger mon ordonnance au plus vite. Je vous laisse le soin de réquisitionner les pompes funèbres pour assurer le transport du corps. Qu'ils le placent à la maison funéraire d'Hyères en attendant mes instructions.

— Et si la veuve demande à le voir ?

— Je ne m'oppose pas à ce que le corps soit présenté à la famille sous réserve que personne ne le touche.

Freslaud n'a même pas le temps de retourner auprès de ses hommes que le journaliste de *Var Matin* vient le saluer.

— Bonjour Commissaire. Avez-vous quelques minutes à m'accorder pour me dire ce qu'il s'est passé ?

— Désolé, je ne vais pas pouvoir vous donner beaucoup d'infos. Simplement que nous venons de découvrir le corps d'un homme dans le coffre d'un véhicule. Nous ne connaissons pas encore son identité, ni les conditions de sa mort, nous ne savons pas s'il s'agit d'un suicide ou d'un assassinat. Je vous demanderai donc la plus grande discrétion sur cette découverte à l'heure actuelle.

— Afin que je puisse rédiger quelques lignes sur cette opération de police, pourriez-vous simplement m'indiquer s'il s'agit d'un véhicule volé ou pas ? Comment le corps a-t-il été découvert ?

— Nous sommes en train d'identifier le propriétaire du véhicule et je ne manquerai pas de vous communiquer l'info dès que nous l'aurons. En ce qui concerne la découverte du corps, je peux vous donner tous les éléments. Un groupe d'une dizaine de sportifs qui effectuait un footing sur la piste cyclable entre l'hippodrome et l'Almanare a été attiré par la présence d'un véhicule stationné dans les bambous, pratiquement contre la clôture du Magic World. En s'arrêtant à sa hauteur, ces personnes ont constaté que la portière était ouverte et que la voiture avait été fouillée et vidée. Nous avons été alertés et c'est au moment de dresser la fiche d'enlèvement du véhicule avec les agents de la fourrière que nous avons découvert le corps dans le coffre.

— Waouh, en effet ! Il a été tué par balle ?

— Je ne peux rien vous dire à l'heure actuelle. Le Procureur fera un point sur l'enquête vers 16h00 à Toulon. Vous pourrez y assister si vous le souhaitez, il suffit que j'annonce votre présence au Parquet.

— Je vous remercie Commissaire. Je vais déjà rédiger une brève. N'hésitez pas à me rappeler à tout moment s'il y a du nouveau.

— Pas de problème.

À peine s'est-il débarrassé du journaliste que Freslaud rappelle le Parquet pour informer le Procureur de sa rencontre avec la presse et du contenu des informations qu'il a diffusées. Au-delà du point factuel, c'est aussi l'occasion pour lui de rétablir de bonnes relations de confiance avec l'autorité judiciaire.

Le Procureur sent que Freslaud attend un signe de sa part et n'hésite pas à répondre à son attente.

— Vous avez bien fait Commissaire. Vous avez donné de quoi alimenter les colonnes de *Var Matin* sans révéler la moindre information sur l'affaire qui nous préoccupe. C'est à ces détails que l'on fait la différence entre les personnes expérimentées et celles qui commettent des erreurs de jeunesse.

Freslaud remercie son interlocuteur pour ces quelques mots qui rétablissent son honneur et lui permettent de relever la tête, oubliant ainsi la crainte qu'il avait d'être devenu un vieux flic commettant des erreurs d'enquête.

Sans perdre une minute, il appelle les pompes funèbres et leur annonce qu'ils sont réquisitionnés pour prendre en charge le corps de la victime.

MIREILLE

La vingtaine de kilomètres qui sépare Hyères du Pont-du-Var semble interminable. La route est sinueuse et traverse des villages typiquement provençaux avec leurs places bordées de terrasses ombragées et leurs rues étroites serpentant entre les maisons anciennes. Au volant de la voiture de police banalisée, Breton ne répond même pas aux tentatives de discussion de son collègue. Il sait que dans quelques minutes, il va se trouver face à Mireille Delarche à qui il va devoir annoncer la mort de son mari. Chaque mot, chaque expression, chaque réaction va inévitablement compter dans la perception qu'il va avoir du degré de tristesse et de surprise que va manifester cette veuve en apprenant ce qui devrait être pour elle une terrible nouvelle. En pareille circonstance, le maire de la commune devrait se rendre au domicile de la victime pour annoncer le décès mais comme c'est le cas le plus souvent, le premier magistrat du Pont-du-Var a laissé aux policiers le soin de mener à bien cette mission délicate.

Dès l'entrée de la commune, un panneau publicitaire vante la qualité du restaurant Les Trois Marches. Sur la place centrale, il est impossible de ne pas le remarquer. Il s'agit d'une très belle maison bourgeoise sur trois niveaux avec une terrasse en façade. À l'arrière, la cour intérieure permet de dresser des tables à l'écart de l'agitation de la rue. Le lieu se prête à merveille à l'organisation de réunions familiales, professionnelles, privées, discrètes ou publiques. La cour est entourée de dépendances transformées en salles de réception. À l'étage ont été aménagés des bureaux et plusieurs chambres visiblement occupées par le personnel.

Les policiers descendent de leur véhicule stationné parmi ceux des clients. Breton ne cache pas son mal-être face à cette situation qu'il va vivre pour la première fois. Avant de gravir les quelques marches qui permettent d'accéder à la réception du restaurant, il se tourne vers le policier qui l'accompagne pour chercher du regard un encouragement, un soutien.

Quelques secondes plus tard, ils sont dans le hall de l'établissement où une employée les accueille et leur demande s'ils avaient réservé.

— Désolé mademoiselle, nous ne sommes pas venus pour déjeuner. Nous souhaiterions parler à Mme Delarche s'il vous plaît ?

— De la part de qui ?

— M. Breton, du commissariat de police d'Hyères.

— Je vais la prévenir, elle est en salle, à l'étage.

Finalement, rien de ce qu'imaginait Breton pour annoncer la mort de Delarche ne se déroule comme prévu.

La présence des policiers, un dimanche, dans son établissement, ne laisse aucun doute à Mireille Delarche quant à ce qu'ils ont à lui annoncer. C'est elle qui évoque d'emblée la disparition de son mari.

— Bonjour messieurs. Vous venez me donner des nouvelles de mon mari ?

— Malheureusement oui, madame.

Le visage de cette femme élégante se ferme, ses yeux se chargent de larmes, ses lèvres tremblent, sa gorge se noue et sa voix est saccadée lorsqu'elle pose une seconde question.

— Que lui est-il arrivé ?

— Son corps a été retrouvé à l'intérieur de son véhicule abandonné près du parc d'attractions d'Hyères.

Mireille Delarche éclate en sanglots. Ses jambes ne la tiennent plus, elle se laisse tomber dans l'un des fauteuils de l'accueil. Immédiatement, la jeune réceptionniste vient prendre soin d'elle, la regarde, la tient par l'épaule, mais reste bouche bée, ne sachant pas ce qu'il conviendrait de prendre comme initiative afin de venir en aide à sa patronne.

Breton se sent libéré du poids de cette annonce. C'est maintenant que tout commence pour lui.

— Mademoiselle, aidez Mme Delarche à marcher jusqu'à un endroit où elle sera au calme et où nous pourrons continuer à nous entretenir avec elle. Y a-t-il une personne qui puisse s'occuper du service et du restaurant aujourd'hui ?

— Oui, il y a assez de personnel en salle et en cuisine pour assurer le déjeuner et le dîner et s'il le fallait, le chef pourrait remplacer Madame pour coordoner le travail de l'équipe. Voulez-vous que j'aille le chercher pour que vous lui annonciez la mort de Monsieur ?

En prononçant ces mots, la réceptionniste craque à son tour et fond en larmes. Elle parvient difficilement à ouvrir le bureau de la direction situé à l'écart, au fond d'un petit couloir. Breton doit réagir vite avant que la situation ne devienne ingérable, il ne veut pas voir arriver les salariés et les clients du restaurant autour de la veuve.

— Je suis désolé mademoiselle mais nous allons attendre quelques minutes avant de prévenir l'ensemble du personnel. Qui pourrait véhiculer Mme Delarche jusqu'à Hyères afin que nous lui donnions toutes les informations sur le décès de son mari ?

L'enquêteur souhaite quitter le restaurant au plus vite. Il faut présenter le corps de la victime à sa veuve avant de l'entendre sur leurs emplois du temps respectifs de ces derniers jours.

— Le responsable de l'entretien est en congé aujourd'hui mais je l'ai vu tout à l'heure. Son appartement est dans la cour, à l'étage de la salle Van Gogh. Je peux lui demander de venir vous parler et vous verrez avec lui s'il peut conduire Madame à Hyères.

— Oui, ce serait très bien si ce monsieur pouvait accepter.

Sans plus attendre, la jeune femme saisit son portable et compose le numéro de son collègue.

— Monsieur Paul, pourriez-vous venir au bureau ? Il est arrivé quelque chose de grave à Monsieur, la police est venu nous prévenir et maintenant, il faut conduire Madame en urgence à Hyères.

Moins de deux minutes plus tard, Monsieur Paul entre dans la pièce. Il se rend compte de la gravité de ce qui est arrivé à son patron en trouvant Mireille Delarche en pleurs, assise derrière son bureau, la tête enfoncée entre les mains. Breton lui apprend la triste nouvelle et lui demande s'il pourrait se rendre disponible aujourd'hui, ce qu'il accepte immédiatement.

Homme de confiance du couple, Monsieur Paul est arrivé aux Trois Marches il y a une vingtaine d'années pour y occuper un poste de saisonnier mais n'en est jamais reparti. Quadragénaire célibataire, élégant et très attaché à l'établissement où il a élu domicile, il s'est vu confier la responsabilité de l'entretien et de la maintenance des deux restaurants, des salles de réception et des appartements de la maison. La réceptionniste ne pouvait indiquer meilleure personne pour soutenir sa patronne dans cette douloureuse épreuve.

Monsieur Paul se présente aux policiers et souhaite obtenir des informations sur le drame dont a été victime son patron.

— Que s'est-il passé exactement ? Un accident de la route ?

Breton ne lui laisse pas le temps de poser une troisième question.

— Monsieur Delarche a été retrouvé assassiné et abandonné dans le coffre de son véhicule. J'ai besoin de vous pour accompagner son épouse afin qu'elle reconnaisse le corps de son mari et que nous lui communiquions ensuite les éléments que nous avons en notre possession. Le Parquet de Toulon nous a confié l'enquête criminelle. Dans les jours à venir, j'aurai besoin d'entendre chaque membre du personnel.

Monsieur Paul accuse difficilement le coup. Son visage se fige et il éprouve des difficultés à avaler sa salive. Il est le seul dans l'établissement à appeler ses patrons par leurs prénoms en raison d'une fidèle amitié. Il venait de quitter l'école avec son baccalauréat littéraire en poche, lorsque les époux Delarche l'avaient recruté. À cette époque, le couple, qui n'a jamais eu d'enfant, consacrait tout son temps à dynamiser Les Trois Marches avec pour unique projet de transformer leur établissement en un lieu prisé par une clientèle haut de gamme, ce qu'il est devenu. Paul Hermon qui cumule intelligence et habileté manuelle a rapidement trouvé sa place dans cette aventure. Sans être devenu le fils de la maison, il y construit un projet de vie qui vient de s'écrouler avec la disparition de son patron.

Breton comprend que cet homme est lui aussi profondément affecté par la mort de Delarche au point de se demander si le choix de la réceptionniste n'était pas finalement plus mauvais qu'il ne le pensait. Paul Hermon le rassure.

— Je vous prie de m'excuser mais la mort de Roger me touche personnellement, il était un peu un grand frère pour moi, presque un second père. C'est lui qui m'a appris à travailler et nous avons partagé tant de merveilleux moments... Je n'arrive pas à croire à son décès, je vais accompagner Mireille pour affronter cette épreuve.

Monsieur Paul propose d'approcher son véhicule du bureau et de partir maintenant, ce qui arrange Breton et son collègue. La réceptionniste ayant elle aussi quitté le bureau pour aller encaisser une note de clients, Breton profite de cet instant pour cerner la personnalité de Mireille Delarche.

— J'ai cru comprendre, madame, que vous n'aviez pas de famille sur place, ni enfant, ni proches.

— Je n'ai jamais eu d'enfant. Roger n'en voulait pas car il disait que la naissance et l'éducation d'un enfant aurait contrarié notre projet professionnel. Moi, j'aurais voulu en avoir au moins deux mais j'ai dû me résoudre à me plier à son choix. Nous avons emprunté beaucoup pour acquérir cette maison et nous n'avons jamais cessé de travailler depuis un quart de siècle. Tout cela pour en arriver là ! Aujourd'hui, je reste seule, sans mari, sans enfant. Je pense que je n'aurai ni la force, ni l'envie de poursuivre.

— Monsieur Paul semble lui aussi très affecté par la mort de Monsieur Delarche, il est très proche de vous ?

— Paul est arrivé ici pour deux mois d'été alors qu'il n'avait pas encore 20 ans. Il ne savait pas trop quoi choisir comme études après son bac et comme nous avions très vite apprécié son sérieux et son courage, nous lui avions proposé de le garder le temps qu'il s'inscrive à l'université ou ailleurs. Finalement, il ne s'est jamais inscrit en études supérieures et cela fait plus de vingt ans qu'il est avec nous. C'est lui qui s'occupe de l'entretien de l'établissement et du matériel, il gère aussi les salles de séminaires. Mon mari et moi l'aimons beaucoup.

Ces simples précisions et l'évocation des jours heureux sont trop douloureuses pour Mireille Delarche qui sanglote à nouveau.

Paul est de retour. Il a stationné sa Mercedes classe A devant l'entrée du bureau. Aidé par le policier, il guide madame Delarche vers le siège avant droit puis ferme la portière avec délicatesse. Sans attendre, il démarre en direction d'Hyères. La réceptionniste regarde le véhicule s'éloigner. Elle va devoir maintenant annoncer la terrible nouvelle au chef cuisinier et à tous ses collègues en leur demandant de poursuivre le service.

PAUL

Freslaud et ses hommes ont été très actifs pendant l'absence de Breton. Le médecin légiste de permanence a constaté le décès et signé la levée de corps. Sur réquisition, le corps de Delarche a été transporté par les pompes funèbres Roblot à la maison funéraire située au 28 chemin de la Ritorte, non loin du cimetière.

Sur place, il a été placé dans l'un des six caissons que compte la chambre froide funéraire. Ces caissons sont des cellules réfrigérantes pour la conservation des défunts avant inhumation. Si besoin, toujours sur réquisition judiciaire, l'un de ces caissons permet la congélation des corps à une température de –10°C. En attendant la décision des autorités, la dépouille de l'homme d'affaires a été posée sur une civière en métal à l'intérieur de la case numéro 3. Le personnel des pompes funèbres a aussi préparé l'une des chambres mortuaires afin de présenter le corps à la veuve. Cette pièce, propice au recueillement, a été aménagée de façon à réduire le choc émotionnel dû à cette mort violente mais, pour les besoins de l'enquête, aucune toilette particulière n'a été entreprise sur le corps.

Breton et son collègue sont maintenant arrivés sur le parking de la maison funéraire où ils sont rejoints par Paul Hermon et sa patronne. Mireille Delarche éprouve des difficultés à descendre du véhicule et tarde à avancer vers la porte d'entrée.

Breton profite de ce moment pour indiquer la procédure qui va être suivie.

— Nous allons être accueillis par la directrice de l'agence locale des pompes funèbres Roblot, la société qui a été réquisitionnée par nos services. C'est une personne attentionnée qui va veiller à ce que le plus grand soin soit apporté au corps de votre mari.

Mireille Delarche se déplace presque machinalement. Elle entend les paroles de Breton mais ne les écoute pas. Elle s'appuie sur le bras de Paul pour marcher. Cette femme habituellement dynamique et attentive aux autres n'est plus que le fantôme d'elle-même. Elle fixe le néant, les lèvres pincées, sans aucune expression sur le visage. Se pose-t-elle des questions ? Est-elle simplement prostrée ou craint-elle d'affronter la réalité et plus encore l'enquête qui va en découler ?

Le jeune enquêteur observe le comportement de la veuve qu'il recevra en audition un peu plus tard.

Ce que Breton ne parvient pas encore à annoncer à

Mireille Delarche, c'est que la mort suspecte du restaurateur ne faisant aucun doute, le Procureur de la République a appliqué l'article 74 du Code de procédure pénale en adressant une réquisition judiciaire aux fins d'autopsie médico-légale.

Cet examen sera pratiqué en fin de journée à l'Institut médico-légal de Marseille au cœur de la Timone, le plus grand centre centre hospitalier de la région PACA.

Dirigée par le professeur Georges Léonetti, l'équipe de vingt-cinq médecins légistes prend en charge, sur réquisition judiciaire, les décès suspects du ressort des tribunaux de grande instance de Marseille, Avignon, Tarascon, Aix-en-Provence et Toulon. Chaque année, ce service réalise près de 600 autopsies et environ 14 000 consultations.

Autant dire que le procureur de Toulon est certainement intervenu personnellement auprès des cadres hospitaliers de la Timone pour obtenir une autopsie un dimanche soir. Freslaud a bien compris que la réactivité du Procureur tient beaucoup plus à l'identité de la victime et à ses relations qu'à un soutien du Parquet de Toulon au commissariat d'Hyères. Peu importe, cette autopsie médico-légale est indispensable pour tenter de déterminer les causes et circonstances de la mort de Delarche. Cette rapidité va permettre de respecter les deux grands principes assurant l'efficacité d'une autopsie, qu'elle soit réalisée le plus tôt possible après la constatation de la mort, afin d'éviter l'altération des tissus, et qu'elle soit complète afin de ne manquer aucun élément déterminant. Ce sont donc un examen externe puis un examen interne qui seront pratiqués en présence de l'enquêteur ou du commissaire.

Freslaud retarde encore l'entrée de Breton dans la maison funéraire en l'appelant par téléphone pour le mettre en garde.

— Cette affaire ne sent pas bon, Breton. Le Procureur est intervenu personnellement pour obtenir une autopsie dès aujourd'hui. Il m'a indiqué qu'il se chargeait aussi de prévenir le préfet du Var et il va tenir seul un point-presse dans deux heures. Rapidement, il faut que vous me trouviez les contacts et les réseaux de Delarche. Selon moi, ce type n'était pas qu'un simple restaurateur. De votre côté, où en êtes-vous avec la veuve ?

— Nous ne sommes pas encore entrés dans les salons de la Ritorte. Mme Delarche me semble effondrée et je crains de devoir appeler un médecin afin qu'elle soit prise en charge.

— Ce serait la dernière connerie à commettre. Cette femme doit nous mettre sur la bonne piste et au plus vite. Ce n'est pas le moment qu'un médecin nous la transforme en zombie et qu'elle ait une bonne raison d'oublier certains détails qui nous seraient très utiles, à commencer par l'emploi du temps de son mari et le sien.

— Vous pensez qu'elle pourrait être moins surprise par la disparition de Delarche qu'elle n'en donne l'impression ?

— Je ne pense rien mais je n'exclue aucune hypothèse, une vieille habitude qui m'a toujours réussi. Qui est le type qui l'accompagne ?

— C'est le responsable de la maintenance de leurs établissements. Je ne vous l'ai pas encore dit, Commissaire, mais les Delarche sont également les propriétaires de Chez Fernand, la grande brasserie du port d'Hyères.

— Oui, ça je le sais, je l'ai découvert sur internet et ça m'a été confirmé par l'adjoint au maire d'astreinte. Il faudra d'ailleurs qu'on creuse un peu du côté du port. Je me suis également laissé dire que Delarche et le directeur de Chez Fernand s'étaient violemment engueulés dernièrement devant le personnel de la brasserie. Pour l'heure, vous ne traînez pas, le corps de Delarche doit être transporté au plus vite à l'IML de Marseille. Je vous attends au commissariat. Il faut y entendre séparément Mme Delarche et son chauffeur.

Breton respecte scrupuleusement les consignes de son patron et explique à Mireille Delarche qu'elle devra le suivre au commissariat une fois qu'elle se sera recueillie devant le corps de son mari qui sera ensuite transporté par les pompes funèbres à la Timone.

— Compte tenu des interrogations entourant la disparition de votre mari, le Procureur de la République de Toulon a ordonné une expertise médico-légale afin de rechercher le maximum d'éléments pouvant nous permettre d'identifier les circonstances de sa mort.

— Le corps de Roger va être découpé en morceaux ?

— Non, rassurez-vous, les médecins-légistes vont examiner le corps extérieurement, ce qui aurait pu être effectué à l'hôpital Sainte-Musse de Toulon mais le Procureur souhaite que l'examen soit effectué dès aujourd'hui et par l'équipe du professeur Léonetti à la Timone. C'est pour vous la preuve que tout sera entrepris pour vous apporter des réponses claires quant à cette douloureuse disparition.

— Savoir ce qu'il s'est passé ne me ramènera pas mon mari et ceux qui l'ont tué ne seront jamais assez punis. Ils m'ont enlevé l'homme de ma vie et ont brisé tout ce que nous avons construit, Roger et moi. Je suis trop épuisée, je veux rentrer chez moi au Pont-du-Var.

— Je respecte votre douleur et votre fatigue mais vous devez m'accompagner au commissariat afin que nous puissions avancer rapidement dans l'enquête grâce aux indications essentielles que vous nous communiquerez.

Paul Hermon encourage sa patronne à accepter de passer au commissariat avant de quitter Hyères.

— Mireille, pour honorer la mémoire de Roger et qu'il puisse reposer en paix, il faut que les policiers retrouvent les auteurs de ce crime et qu'ils soient condamnés. Et puis nous serons là pour vous encourager à continuer.

Ces paroles semblent toucher la veuve qui accepte de suivre le conseil de son employé. La directrice des pompes funèbres les guide vers le salon Sémiramis où leur est présenté le corps sans vie de Delarche. C'est un moment douloureux auquel Breton n'assiste pas.

Quelques minutes plus tard, Mireille et Paul ressortent de la chambre mortuaire, leurs visages sont encore plus marqués par la souffrance et la tristesse. Le jeune enquêteur réussit à reprendre l'initiative.

— Je vais rouler devant vous jusqu'au commissariat où M. Freslaud, notre commissaire, nous attend. Ensuite vous pourrez rentrer chez vous.

Les deux véhicules redescendent le chemin de la Ritorte et se dirigent vers le centre-ville par l'avenue Alphonse Denis avant de filer en direction du commissariat qu'ils atteignent en peu de temps.

Ils sont accueillis par Freslaud qui, au timbre de sa voix, semble contrarié, mais Breton ne peut pour le moment lui en demander la raison.

— Madame Delarche, permettez-moi de vous présenter mes condoléances. Je suis le Commissaire Freslaud, sachez que mes hommes et moi-même ferons le maximum pour établir les circonstances dans lesquelles votre mari a trouvé la mort et nous mettrons tout en œuvre pour identifier le ou les auteurs de ce crime. Nous aurons besoin de votre concours et de celui de vos proches pour tenter de trouver des éléments nous permettant d'apporter des réponses aux questions que vous vous posez.

— Je ne me sens pas la force de vous aider, je suis tellement bouleversée. Roger n'a jamais porté préjudice à quiconque. Tous ceux qui l'ont côtoyé vous le diront, que ce soit notre personnel ou nos clients.

— Je confirme les propos de madame Delarche, ajoute Paul, qui ne comprend pas le refus de sa patronne à communiquer le maximum d'informations à la police.

Freslaud sait qu'il lui reste peu de temps avant que l'annonce de la mort de Delarche ne se répande sur les réseaux sociaux d'autant que *Var Matin* a déjà publié une brève de dix lignes sur son site et sur sa page Facebook. Heureusement, le piège qu'il a tendu au journaliste a fonctionné. L'article ne donne aucune information ni sur le véhicule retrouvé, ni sur l'identité de la victime. Mais le commissaire ne doute pas qu'à l'issue du point-presse organisé au Tribunal de Grande Instance de Toulon, les média vont balancer l'info qui sera partagée dans tout le département et au-delà. Il faut entendre Mireille Delarche et son salarié au plus vite.

— Je comprends votre douleur madame et nous n'allons pas vous retenir longtemps, juste le temps pour nous de vous demander quelques précieux renseignements utiles à notre enquête.

Sous prétexte de rapidité, Mireille et Paul sont entendus dans deux bureaux différents. Freslaud accueille la veuve, tandis que Breton reçoit Paul Hermon dans une autre pièce pour une première audition.

— Afin de vous éviter de revenir dans la semaine, sauf si j'avais besoin d'informations complémentaires, je vais vous entendre dès maintenant puisque vous connaissiez très bien monsieur Delarche. Je voudrais cerner sa personnalité et savoir si vous le sentiez menacé.

Paul accepte cette proposition même s'il aurait préféré en parler avec Mireille au préalable. Après avoir enregistré l'identité et les informations administratives d'usage, Breton débute l'audition.

— Madame Delarche m'indiquait tout à l'heure que vous aviez débuté chez eux il y a plus de vingt ans et que vous êtes toujours resté à leur service. Qu'est-ce qui vous a motivé à abandonner vos études pour accepter une embauche au restaurant ?

— C'est un enchaînement de circonstances heureuses. Je n'ai jamais déposé de candidature pour être embauché comme saisonnier aux Trois Marches. C'est Daniel, un copain d'enfance avec lequel nous avons fait les quatre cents coups étant gamin, qui devait avoir ce job d'été, mais comme il avait trouvé mieux ailleurs, il m'a proposé de prendre sa place. Dans la journée, je suis passé au restaurant déposer les mêmes documents que ceux qu'on lui avait demandés et j'ai commencé dès le lundi suivant.

— Je ne comprends pas bien. Vous voulez dire que c'est votre copain d'enfance qui vous aurait proposé ce job d'été et que M. et Mme Delarche auraient accepté ?

— Oui, ça peut vous paraître étrange mais à cette époque, c'était encore possible d'être recruté de cette façon. C'est aussi ce qui a renforcé mon attachement au restaurant et à mes patrons. J'étais jeune, je n'avais aucune expérience professionnelle, Roger m'a tout appris et Mireille a toujours été gentille avec moi. Au début, je louais une petite chambre dans le village d'à côté puis lorsque nous avons aménagé les dépendances, j'ai pu habiter sur place.

— Vous avez toujours été célibataire, c'est un choix de votre part, ou ce sont les heures d'astreinte au restaurant qui vous privent en quelque sorte d'une vie personnelle et intime ?

— Oh non, rassurez-vous, côté copines, je ne suis pas en manque. Sans être Dom Juan, je sais m'y prendre pour séduire certaines collègues et ma liberté m'offre de belles occasions de rencontres avec de jolies femmes cherchant des aventures sans lendemain.

— Vous semblez fier de votre pouvoir de séduction, est-ce important pour vous de vous sentir aimé, que ce soit par vos employeurs, vos collègues, les clientes ou, si j'ai bien compris, les femmes mariées en quête de moments d'évasion ?

— Non, il n'est pas question de fierté mais comme vous m'avez posé cette question et que d'autres personnes vont se charger de me présenter comme tel, je préfère vous expliquer pourquoi je ne me sens pas prisonnier de mon célibat, ni de mon attachement au restaurant et à M. et Mme Delarche.

— Quelle est votre fonction au sein de l'entreprise ?

— Au fil des années, j'ai fait du service en salle et au bar, j'ai travaillé en cuisine à la plonge et un peu à la préparation des entrées puis, comme je m'occupais de la cour et que je bricolais pas mal, Roger m'a demandé de me consacrer principalement à l'entretien et à la maintenance des locaux. Quand il a décidé d'aménager les dépendances en salles de séminaires, il m'a confié l'organisation des évènements.

— M. Delarche est aussi le propriétaire de la brasserie Chez Fernand sur le port. Vous est-il déjà arrivé de travailler là-bas également ?

— Évidemment. Lorsqu'ils ont racheté la brasserie, il y a cinq ans, je suis resté sur place pendant toute la durée des travaux. Régulièrement, j'y vais seul ou avec Roger lorsqu'il faut aller déposer du matériel. Quand il y a besoin, je passe aussi effectuer les petites réparations.

— Cela ne vous aurait pas intéressé d'en devenir le responsable ?

— Oh non, jamais de la vie, je préfère ma liberté. C'est leur neveu, Marco, qui en est le directeur. Il n'a jamais un jour de repos de mars à octobre et il est présent du milieu de la matinée jusqu'à la fermeture. En plus, sur le port, entre les hyérois habitant ici à l'année, les résidents secondaires, les plaisanciers et les vacanciers réguliers ou occasionnels, il faut posséder des qualités de diplomate, que je n'ai pas, pour ne pas s'emporter contre certains. Je ne réussirais pas à garder mon calme face à ceux qui pensent que tout leur est dû, uniquement parce qu'il viennent ici deux semaines par an. Pour tenir un tel établissement il faut avoir été formé et avoir le caractère bien trempé.

— Et aussi pour affronter les colères de Roger Delarche ?

— Pourquoi dites-vous ça ?

— Il semblerait que ces derniers temps, les violentes disputes entre l'oncle et le neveu étaient de plus en plus fréquentes et de plus en plus violentes.

— J'ignore à quoi vous faites allusion. Nous sommes actuellement hors saison donc les affaires ne sont pas florissantes et il faut malgré tout penser à préparer la saison prochaine. Sur le port, en hiver, la clientèle est rare et Roger a toujours eu un peu de mal avec ça mais je ne peux pas laisser dire qu'il était coléreux. Il adorait son neveu et Marco lui devait tout mais vous savez, travailler en famille n'est pas simple. L'aîné croit qu'il a toujours raison et le plus jeune veut montrer qu'il est un manager à part entière.

— Vous-même, vous est-il déjà arrivé de devoir tenir tête à M. Delarche ou à son épouse ?

— Pour moi, les choses sont plus simples, ce sont mes employeurs et je suis payé pour accomplir ce qu'ils me demandent. Il m'est arrivé d'exprimer des avis contraires mais cela n'a jamais occasionné de disputes. Je tiens à ma place, je suis bien installé et j'ai un salaire correct pour un travail que j'aime bien. Que demander de plus ?

— Je vous comprends, c'est ce dont rêvent beaucoup de personnes. Et vous avez également la responsabilité des séminaires ?

— Oui, il y a trois salles de tailles différentes, toutes équipées d'un coin bar. La plus grande possède une petite scène avec sonorisation et éclairage, et une très belle cuisine équipée. Celle-là, elle est utilisée à longueur d'année donc je dois gérer les réservations, assurer les visites, la mise en place en fonction des demandes, la préparation de la facturation, l'entretien, le nettoyage et les petites réparations.

— En effet, vous êtes devenu un élément indispensable pour le couple Delarche. Vous gérez également la location des appartements et bureaux qui se trouvent à l'étage ?

— Non, c'est Mme Delarche qui s'occupe des locations mais ce sont des contrats à l'année alors je n'ai pas à entrer dans ces locaux sauf en cas de départ s'il y a besoin d'un coup de pinceau.

Breton a déjà compris pas mal de choses en écoutant Paul mais il aimerait en savoir un peu plus sur les relations de la victime.

— Ce midi, la réceptionniste vous a appelé Monsieur Paul. Est-ce ainsi que vous êtes nommé aux Trois Marches ? Pourquoi ?

Hermon esquisse un léger sourire en se souvenant que c'est Roger qui tenait à ce que le personnel l'appelle ainsi. L'explication prête en effet à sourire. Plus encore quand on se souvient que le chauffeur qui conduisait la Mercedes à bord de laquelle la princesse Lady Di a trouvé la mort était lui aussi surnommé « Monsieur Paul ».

— Roger a toujours rêvé que Les Trois Marches deviennent une grande maison. Il exigeait d'être appelé Chef par les cuisiniers et Monsieur par tous les autres membres du personnel. Mireille est appelée Madame par tout le monde. En ce qui me concerne, comme j'étais le seul qu'il tutoyait parmi le personnel et le seul à l'appeler par son prénom, il voulait me donner un statut un peu différent de mes collègues. Monsieur aurait pu faire penser que j'étais l'équivalent de Madame, alors il a trouvé que Monsieur Paul sonnait bien à l'oreille. Au début, cela m'a fait sourire et me gênait mais je m'y suis habitué et je n'y prête même plus attention. Ce n'est qu'en vous entendant me poser la question que je me suis rappelé de cette anecdote.

— Est-ce que monsieur Delarche vous a paru inquiet ou préoccupé ces derniers temps ? Avez-vous remarqué quelque chose dans ses habitudes qui aurait pu laisser penser qu'il se sentait menacé ?

— Non, aucunement. Il effectuait beaucoup de déplacements pour renouveler du matériel pour ses deux établissements. Il a eu aussi pas mal de contacts parce qu'il a revendu un peu de mobilier et du matériel professionnel à des particuliers et à d'autres restaurateurs. Mais à ma connaissance, à aucun moment, il n'a été en conflit avec l'un de ces acheteurs, un client, un fournisseur ou un concurrent. C'est plutôt à Mme Delarche qu'il faudrait poser cette question. Moi, je n'étais pas souvent avec eux au bureau et encore moins dans leur intimité.

La tâche s'annonce difficile pour les enquêteurs du commissariat d'Hyères. Chaque contact devient une piste à explorer. Parfois pour rien, parfois il faut un peu plus de temps et d'énergie avant de retenir ou abandonner une hypothèse.

Dans l'immédiat, les renseignements fournis par Paul Hermon suffisent à Breton à cerner la personnalité de Roger Delarche.

— Je vous remercie, M. Hermon. Si j'avais besoin de vous pour nous aider dans cette enquête, je ne manquerais pas de vous solliciter.

— Vous pouvez compter sur moi !

Breton invite Paul à rejoindre l'accueil du commissariat et va retrouver le commissaire toujours en compagnie de Mireille Delarche.

Dès l'entrée de l'enquêteur dans son bureau, Freslaud propose à la veuve de la raccompagner à l'accueil.

— Je vous avais dit, madame, que nous n'allions pas vous retenir longtemps. Nous vous donnerons des informations chaque fois que nous en obtiendrons et nous serons amenés à vous entendre à nouveau. Prenez soin de vous et si besoin, n'hésitez pas à appeler SOS médecin.

À peine Paul et Mireille ont-ils quitté le commissariat que Freslaud et Breton échangent leurs informations.

— Qu'avez-vous appris Breton ? De mon côté, la veuve n'a pas été très bavarde. Elle ne cesse de répéter que sa vie vient de s'écrouler et que c'était son mari qui gérait les deux établissements. Je suis persuadé que cet homme lui cachait une partie de ses activités. Dès demain, le parquet va nous confirmer la commission rogatoire, nous demanderons alors les copies de ses relevés bancaires et de ses factures téléphoniques détaillées. Elle m'a expliqué qu'il était souvent absent ces derniers temps, je voudrais savoir s'il n'avait pas de maîtresse.

— Leur collaborateur n'en sait pas beaucoup plus. Il me donne l'impression d'être un type peu ambitieux, ravi d'avoir trouvé dans ce job un moyen de vivre sans trop de contraintes professionnelles, avec assez de liberté et d'argent pour profiter de sa situation de célibataire. Il travaille avec le couple Delarche depuis l'âge de 19 ans, raison pour laquelle il appartient un peu à la famille, d'autant que, sans enfant, ses employeurs se sont attachés à lui.

— Le sentez-vous prêt à collaborer avec nous ? Il faut que nous comprenions la personnalité et le fonctionnement de Delarche avant de retenir les pistes sur lesquelles nous allons travailler.

Le vif intérêt du Procureur de la République pour cette affaire et sa réactivité afin d'obtenir une autopsie en dehors du département ne plaisent pas à Freslaud qui imagine déjà les pressions judiciaires, médiatiques et politiques dont il va être la cible avec cette enquête.

Au même moment, au Tribunal de Grande Instance de Toulon, le Procureur reçoit justement la presse locale et régionale pour un point au cours duquel il annonce les circonstances dans lesquelles le corps de Delarche a été découvert, avant de brosser un rapide portrait de la victime. Il conclut son intervention par l'annonce du transport du corps vers l'Institut médico-légal de Marseille.

Comme il s'y attendait, Freslaud est maintenant sollicité par les journalistes. Il impose le silence à Breton et aux fonctionnaires présents ce dimanche matin sur le parking du Magic World.

— La directrice des pompes funèbres vient de me prévenir que le convoi allait quitter la maison funéraire pour se rendre à La Timone. Préparez-vous, Breton, vous allez m'accompagner pour assister à l'autopsie.

LA TIMONE

Breton n'est pas franchement enthousiaste à l'idée de devoir assister à cet examen médico-légal mais s'il veut devenir un bon flic, il doit maîtriser ses émotions et affronter sans retenue ce moment important de l'enquête.

Au cours du trajet, Freslaud lui explique en détails le déroulement de l'autopsie et l'intérêt pour eux à y être présents.

— Nous entrerons dans la salle d'examen une fois que le corps aura été placé sur la table d'intervention. Il sera entièrement dénudé et son visage sera recouvert d'un linge. Au début, c'est normal, on se sent très mal à l'aise face à ce corps sans vie parce que le vrai tabou, c'est la mort.

Le jeune enquêteur n'est pas pressé d'arriver à Marseille et d'entrer dans le service spécialisé de l'hôpital de La Timone. Freslaud ressent bien cette appréhension et tente de le rassurer.

— Ne dramatisez pas avant d'être sur place. Évidemment, les premières minutes sont assez difficiles pour nous qui ne sommes là que pour observer et entendre les constatations des experts. Un corps mort allongé nu sur une table en inox autour de laquelle sont préparés des outils de découpe, de perforation et de prélèvement, ça ne laisse aucun doute sur ce qui va se produire.

— Ne me dites pas ça, Commissaire, je sens que je vais gerber.

— Il y a un petit remède pour éviter ça. J'ai toujours avec moi des lingettes citronnées que je place sous le masque chirurgical que nous allons devoir porter. J'en ai prévues quelques-unes pour vous. Ça permet de parer à toute éventualité. Et puis, rassurez-vous, le corps qui sera devant nous a été tué la nuit dernière, non ? Il n'est ni en état de décomposition partielle, ni détérioré par des blessures profondes ou des membres arrachés. Il vous arrivera de vous trouver dans des situations bien plus difficiles à supporter que celle-ci.

Freslaud n'y va pas de main morte pour contraindre son enquêteur à faire face avec professionnalisme à cette épreuve.

Le professeur qui va diriger l'examen est réputé pour son efficacité et la précision de ses remarques. Il sera entouré d'une dizaine de personnes connaissant chacune l'importance de leur tâche. Aucune musique, aucune parole autre que médicale ne doit être entendue pendant l'examen. Cela peut paraître pesant mais ainsi on évite surtout de trop penser à ce corps mort. Il faut avant tout se concentrer sur la recherche de tout ce qui va permettre de comprendre les derniers instants de la vie de cette personne et les circonstances de sa mort.

Marseille n'est plus qu'à huit kilomètres. Breton commence à angoisser alors Freslaud le recadre sèchement.

— Vous commencez à m'agacer à redouter autant ce moment. Si vous ne vous sentez pas capable d'aller chercher les éléments indispensables à la réussite de votre enquête, il faut retourner à la circulation.

Bien que dépourvue de grossièreté, cette phrase est une injure d'une violence inouïe pour celui qui s'est donné les moyens de réussir le concours interne pour devenir enquêteur. Blessé dans son amour propre et ne pouvant répondre à son patron, il encaisse le coup mais se promet d'y répondre plus tard, en bouclant cette enquête avec succès.

Le véhicule de police remonte maintenant le boulevard Jean Moulin au cœur du cinquième arrondissement. Retardé par un embouteillage, Freslaud utilise la sirène et le gyrophare afin de se faufiler entre les voitures.

Dès leur arrivée à La Timone, les policiers hyérois sont accueillis par le professeur de l'IML. Freslaud doit justifier la présence de deux personnes alors qu'en général, seul l'officier de police judiciaire en charge de l'enquête n'est autorisé à assister à l'autopsie.

— Nous sommes venus à deux parce que c'est une

première pour mon enquêteur et on ne sait jamais ce qui peut se passer. Il est parfois difficile de maîtriser ses émotions face à un cadavre, vous comprenez ...

Le professeur est plus compréhensif que le commissaire et rassure Breton.

— Notre devoir est de respecter la personne. Mon rôle est de lever les doutes sur les origines de la mort et d'émettre des hypothèses. Nous allons alors procéder très méthodiquement et bien que les actes nécessaires à ce travail pourraient facilement déshumaniser le corps, nous ne perdons jamais de vue qu'il s'agit d'un être humain. Je n'accepte donc aucune plaisanterie sur un organe, un manque d'hygiène, éventuellement un aspect disgracieux du corps. Concentrez-vous sur l'expertise elle-même et tout va bien se passer.

Le moment tant redouté est arrivé. Breton se trouve face au cadavre de Delarche. Sous les ordres du professeur, les thanatologues examinent extérieurement le corps. Aucune blessure apparente. L'examen va maintenant être plus précis et, à l'aide d'un scalpel, le professeur va examiner chaque partie intérieure du corps.

Des prélèvements sont effectués pour rechercher la présence ou non d'alcool, de drogue, de médicaments, de produits toxiques. Le cœur, les poumons et les reins du cadavre livrent leurs secrets.

Freslaud recommande à Breton de noter tout ce qu'il voit et ce qu'il entend. Le professeur utilise un dictaphone afin d'enregistrer ses constatations.

— Le sujet ne présente aucune blessure apparente au niveau extérieur. Sa respiration a été bloquée quelques instants avant son décès qui a été causé, non pas par étouffement, mais par la rupture des vertèbres cervicales entraînant irrémédiablement une hémorragie à l'intérieur de la boîte crânienne. Le corps n'a pas été bougé à la suite du décès. Je peux en conclure que la mort est certainement intervenue par une pression excessive sur l'arrière de la tête.

Le commissaire n'est pas mécontent d'avoir effectué le déplacement. L'enquête démarre très vite grâce à cet examen médico-légal. Le compte-rendu, signé par le légiste, sera adressé au Parquet de Toulon et en copie au commissariat de police d'Hyères, mais Freslaud a déjà une petite idée sur ce qui a pu se passer.

— Alors Breton, une idée sur les circonstances de la mort de Delarche ?

— Il a certainement été étranglé puis jeté dans le coffre de sa voiture.

— Ah Breton, vous avez encore beaucoup de choses à apprendre avant de devenir un bon flic. Nous allons reprendre vos notes sur le chemin du retour et nous allons confronter nos idées sur ce qui a pu provoquer la mort de cet homme. Pour moi, il ne s'agit pas d'un acte criminel prémédité mais d'un accident.

FRANÇOIS

Ce lundi matin, les choses s'accélèrent au commissariat de police d'Hyères. En rentrant de Marseille la veille au soir, Freslaud est resté longtemps dans son bureau pour lister un grand nombre d'éléments à réunir dans les jours à venir.

Comme chaque matin, les agents d'accueil lui apportent les journaux du jour. La presse nationale ne l'intéresse pas spécialement, c'est l'édition locale de *Var Matin* qui concentre son attention.

Le titre de la Une le fait bondir.

— Je m'en doutais ! Le Procureur a tiré la couverture à lui en méprisant une fois de plus le travail de notre équipe.

L'article en pages intérieures ne le calme pas. Il y est écrit : *« C'est à la juge d'instruction Colette Somar qu'a été confiée cette enquête criminelle qui s'annonce d'ores et déjà difficile. Elle pourra compter sur l'aide des poli-*

ciers hyérois à qui elle a confié la mission de procéder, en commission rogatoire, aux auditions de nombreux témoins ».

— Ils nous prennent vraiment pour leurs larbins. Elle pourra compter sur notre aide ! Non mais je rêve ! Ce n'est pas depuis son bureau, en train de gérer mille dossiers à la fois, qu'elle va diriger notre enquête.

La lecture de la suite de l'article le révolte un peu plus. Selon Freslaud, le Procureur a donné beaucoup trop de précisions concernant les circonstances de la découverte de la voiture et du corps, mais également concernant l'identité de la victime et de ses liens supposés avec des notables du département. Les personnes que le commissaire souhaite auditionner vont être influencées par ce qu'elles auront lu et entendu.

Dès ce matin, ce sont les sportifs qui ont découvert la voiture qui sont convoqués. En premier lieu, les policiers souhaitent auditionner Karine et Jean-Claude qui participaient au footing, avant de recevoir François qui en était l'organisateur.

Les deux premiers sont reçus séparément mais chacun donne sensiblement la même version. Ils précisent que c'est François qui, contrairement aux autres dimanches, a proposé d'emprunter la promenade du front de mer, de traverser le port Saint-Pierre et d'emprunter la piste cyclable en direction de l'Almanare où ils ont découvert le véhicule. Ni l'un, ni l'autre ne connaissait la victime ou le restaurant Les Trois Marches avant le drame, mais tous deux fréquentent régulièrement la terrasse de Chez Fernand face à la digue principale où leur groupe d'amis se retrouve régulièrement les dimanches, en fin d'après-midi. Cette précision interpelle les enquêteurs.

François est à son tour entendu par Breton.

— Connaissiez-vous M. Roger Delarche, la victime de ce meurtre ?

— Non, je ne connaissais pas personnellement ce monsieur et je n'en ai jamais entendu parler.

— Pourquoi avoir changé l'itinéraire de votre footing hebdomadaire ?

— J'ai changé l'itinéraire à la demande de certains membres de notre groupe qui apprécient la nouvelle promenade du front de mer et qui m'avaient demandé de la tester ensemble.

— Et vous les avez emmenés bien plus loin que la promenade, jusqu'à cette voiture abandonnée ?

— Qu'est-ce que vous voulez insinuer ? Que j'aurais volontairement changé l'itinéraire pour passer devant le Magic World ? Je ne comprends pas bien votre question.

— Je n'insinue rien, je vous pose juste des questions, mais néanmoins, vous dites que vous ne connaissiez pas cette personne alors que vous fréquentez régulièrement son établissement sur le port.

— Je ne vois pas de quel établissement vous parlez !

— La brasserie Chez Fernand, vous connaissez ?

— Évidemment ! Qui ne connaît pas ? C'est horrible !

Je ne savais pas que la personne qui a été retrouvée morte dans le coffre de cette voiture, c'est Marco, le patron de la brasserie.

— Non, ce n'est pas lui ! La personne que vous citez n'est pas le propriétaire de la brasserie, mais uniquement le directeur. Le propriétaire était son oncle, celui qui a été tué et abandonné là où vous avez signalé la présence de son véhicule.

— Je vous assure que je l'ignorais. Nous avons appelé la police parce que cette voiture nous semblait volée, ensuite, une fois les policiers, nous avons continué notre footing et je ne m'en suis plus intéressé.

— Les journaux, la radio et les différents sites internet en ont parlé. Je trouve étonnant que vous ne vous soyez pas informé sur ce fait divers exceptionnel avant de venir au commissariat alors que c'est vous qui avez donné l'alerte. Vous me paraissez peu curieux !

François commence à être agacé par les questions et la suspicion de Breton à son égard.

— J'ai accepté de répondre à votre convocation pour témoigner sur ce que nous avons vu hier matin, pas pour être accusé de je ne sais quoi !

— C'est mon métier de vous poser des questions qui peuvent vous paraître déplacées mais justifiées. Nous n'avons rien contre vous, mais qui sait ?

François craque et provoque l'enquêteur avant de lui signaler qu'il ne répondra plus à ses questions.

— Parti comme vous êtes parti, je pense que vous allez me demander mon emploi du temps de samedi soir alors, comme je n'ai rien à cacher, je vais vous le donner. Samedi soir, au moment où ce monsieur a été tué, j'étais avec des amis au Brew Pub, dans la zone artisanale du Palyvestre. Nous passions une superbe soirée en écoutant le groupe Analogic. Je peux vous apporter la preuve de ce que j'avance puisque j'ai diffusé des photos et des vidéos de la soirée sur Facebook. Ensuite, je suis rentré chez moi et comme je possède une alarme avec enregistrement des mouvements, je peux, là encore, me justifier. Je ne suis donc pas l'auteur de cet assassinat et je n'ai pas emmené mes amis pour prétendre découvrir ce véhicule abandonné. Maintenant, sauf si vous me placez en garde à vue pour je ne sais quel motif, je vais quitter ce bureau où je regrette d'avoir mis les pieds.

Breton se rend compte qu'il a été maladroit et trop incisif.

— Il s'agit d'une enquête judiciaire pour meurtre alors nous devons explorer toutes les pistes. Vous venez de me donner des réponses précises et je vous en remercie. Si vous en êtes d'accord, je vais vous demander de signer le procès-verbal de votre audition et ensuite vous serez libre.

Cette expérience n'a pas du tout plu à François qui salue à peine Breton en quittant le commissariat et se promet de ne pas en rester là.

Un peu plus tard dans la journée, ce sont les membres

du personnel du restaurant, puis de la brasserie, qui se succèdent au commissariat.

Breton les reçoit tous avec le même objectif : trouver un élément sur lequel il pourra s'appuyer ensuite pour avancer dans cette enquête.

Le témoignage de la réceptionniste est à ce titre le plus intéressant.

— Ces dernières semaines, il y a eu beaucoup d'appels au restaurant de la part de personnes qui voulaient acheter les objets et le matériel que Monsieur avait mis en vente. Il semblait s'amuser à se débarrasser de ce qui ne lui servait plus et parfois, lorsqu'il revenait de chez un acheteur, il nous racontait comment la vente s'était passée. Il ne m'a jamais paru inquiet ou tourmenté.

Alors que Breton commence à désespérer devant la pauvreté des informations recueillies depuis le début de matinée, cette jeune personne lui apporte enfin de la consistance à son dossier.

— La seule fois où je l'ai vu inquiet c'est quand ils ont parlé de la brasserie, devant moi, avec Madame. Elle lui a dit qu'elle ne voulait plus travailler à perte, juste pour équilibrer les comptes de Chez Fernand. Monsieur m'a demandé de sortir du bureau et je l'ai entendu se mettre en colère. Pendant que je retournais à la réception, je l'ai entendu dire qu'il ne voulait plus parler de ça, qu'il savait ce qu'il faisait et je crois que Madame s'est mise à pleurer. Un peu plus tard, il est sorti rapidement et il est parti en voiture, alors que Madame est restée longtemps seule dans son bureau. J'ai voulu aller lui parler mais elle m'a dit qu'elle était occupée et ne pouvait pas me recevoir. Je l'ai sentie triste et contrariée.

— Avez-vous déjà travaillé à la brasserie Chez Fernand ?

— Non, jamais mais j'y suis déjà allée lorsqu'il y a eu une petite réception entre nous pour le départ en retraite d'un cuisinier.

— On nous a confié que monsieur Delarche et le directeur de la brasserie s'étaient eux aussi violemment disputés dernièrement. Pensez-vous que ce soit à la suite de l'entretien auquel vous avez partiellement assisté ?

— Je ne sais pas et je ne veux pas me mêler de leurs histoires de famille. Je crois que Madame et Marc, le neveu de Monsieur, ne s'entendent pas beaucoup. Comme c'est à lui que Monsieur a confié Chez Fernand, c'est peut-être ça qui était à l'origine de leur dispute. En général, Monsieur ne crie jamais, même s'il dit les choses avec une voix forte.

Le jeune enquêteur libère la réceptionniste et se dirige aussitôt vers le bureau du commissaire pour évoquer cette dernière audition.

— Elle me semble sincère et n'a aucune haine contre l'une ou l'autre des personnes qu'elle cite dans ses propos. Je pense qu'il faut rapidement convoquer ce Marc et l'interroger sur ses relations avec Delarche.

De son côté, grâce à la commission rogatoire, Freslaud

a obtenu en quelques heures, les relevés bancaires et les factures détaillées de la victime. Il y a des numéros qui reviennent souvent. Il a chargé un autre fonctionnaire de les identifier. Une policière est en train de créer un fichier sur tableur pour analyser les recettes et les dépenses professionnelles et personnelles du couple. Un premier constat est que les ventes de matériels et de mobiliers réalisées ces dernières semaines n'apparaissent nulle part. Il y a donc des espèces de conservées discrètement ou des règlements par chèques déposés sur un compte non identifié. Le commissaire a également demandé d'autres documents essentiels. Le comptable des Delarche s'est engagé à fournir la comptabilité et les déclarations sociales et fiscales de l'entreprise tandis que le Greffe du Tribunal de Commerce de Toulon lui prépare les copies des derniers actes officiels.

— J'ai aussi adressé une réquisition auprès de son fournisseur internet ainsi, nous aurons d'ici peu, le contenu de ses échanges téléphoniques et électroniques, précise Freslaud qui donne le rythme à cette enquête qu'il veut toujours boucler rapidement, et avec succès.

CORDOBA

François n'a pas tardé à exprimer sa déception à la suite de son audition menée à charge par Breton. Une lettre recommandée vient d'arriver sur le bureau de Freslaud.

Une phrase retient l'attention du commissaire : *« sans réponse de votre part, je formulerais une plainte contre ce fonctionnaire devant le Tribunal de Toulon ».*

La réaction de Freslaud est immédiate. Il convoque le jeune enquêteur dans son bureau.

— Vous savez l'importance que j'accorde à cette enquête. Je veux des explications précises sur ce qu'il s'est passé avec ce témoin.

Breton explique qu'il doutait de l'honnêteté de cette personne. Alors que ses amis avaient reconnu consommer régulièrement, et ensemble, à la terrasse de Chez Fernand, lui, affirmait ne pas connaître la victime, ce qui pour l'enquêteur était impossible.

— Et alors ? Moi aussi je suis souvent allé Chez Fernand et je ne savais pas que le propriétaire de la brasserie était Roger Delarche. J'ai toujours pensé, comme beaucoup de clients, qu'elle appartenait à la personne que l'on voit sur place, qui, en réalité, est son neveu.

L'enquêteur se rend compte que son manque de délicatesse et de discernement risque de lui coûter cher. Freslaud le met à rude épreuve sur un ton qui n'appartient qu'à lui.

— Je ne doute pas qu'en préparant le concours interne de la Police nationale, vous avez dû découvrir des méthodes d'enquête que je ne connais pas encore, alors je vais vous donner l'occasion de me démontrer leur efficacité. Où en êtes-vous concrètement aujourd'hui ?

— J'ai déjà entendu une dizaine de personnes et j'ai lu l'intégralité du rapport du médecin légiste. J'ai noté que les empreintes digitales et les traces ADN relevées sur et dans le véhicule n'ont rien donné. Je compte sur l'analyse des relevés téléphoniques et des comptes de la société pour fouiller un peu plus dans le passé récent de Delarche.

— De tout ce que vous venez de me dire, je ne retiens qu'un point positif. Les éléments que j'ai demandés à sa banque, à son comptable et au fournisseur téléphonique vous semblent utiles à l'enquête. J'aurais aimé un apport plus riche de votre part, une idée sur les circonstances et le mobile de cet assassinat. Je ne vous demande pas l'identité des auteurs mais au moins une piste sur le crime lui-même. Rien ! Vous n'avez rien mon pauvre ami ! Croyez-vous que nous allons aboutir ainsi ?

Breton croit utile de rappeler à son patron qu'il est ancien dans la maison mais qu'il est un tout jeune enquêteur confronté pour la première fois à une affaire criminelle. La décision de Freslaud tombe comme un couperet, sans appel.

— Vous avez raison Breton, cette affaire doit être confiée à un enquêteur expérimenté. À partir de maintenant, vous allez travailler sous les ordres de Cordoba à qui vous allez remettre votre dossier d'enquête. C'est lui qui me secondera et vous apprendrez beaucoup à ses côtés. Je ne veux plus que vous preniez d'initiative sans consignes de Cordoba ou de moi-même. Et pour calmer la colère de ce témoin qui vous menace d'une plainte, je vais le recevoir pour lui expliquer que vous avez agi par manque d'expérience et non par agressivité. Je suis certain qu'il comprendra et que nous éviterons ainsi une nouvelle difficulté avec le Procureur de la République.

Cordoba est un enquêteur expérimenté qui s'est illustré en solutionnant des affaires compliquées. Il est natif d'Hyères et possède un réseau fiable. Il connaît la ville et ses différents quartiers, les personnes influentes, les leaders et les dealers. Sous son allure nonchalante, il sait observer, écouter, analyser et poser les bonnes questions. Le départ précipité du brigadier-chef Morin lui a offert une liberté d'action. Sa proximité avec Freslaud concernant l'image et la raison d'être de la police, en fait un collaborateur de choix pour le commissaire. Personne ne s'étonnera que ce soit lui qui hérite du dossier.

Finalement, Breton se sent soulagé et minimise la contrariété de s'être vu dessaisi de cette enquête au risque d'être perçu comme un débutant manquant de compétences.

Le commissaire ne perd pas une minute avant de demander à Cordoba de venir les rejoindre dans son bureau.

— Cette affaire Delarche doit être notre priorité. Cordoba, je vous confie la responsabilité du travail des enquêteurs. Je garde la main sur le dossier mais je veux que vous me trouviez de nouvelles pistes à explorer, de nouveaux témoins à entendre et surtout, que l'on trouve les auteurs de ce crime. Breton travaillera avec vous mais sous votre autorité. Je suis certain que nous avons déjà perdu du temps, il faut maintenant le rattraper.

Le commissaire anime un rapide point de situation au cours duquel Breton détaille ses auditions et revient sur le témoignage de la réceptionniste. Il évoque notamment la dispute entre M. et Mme Delarche à propos de leur neveu et de sa gestion de Chez Fernand. C'est à ce jour la seule information qu'il ait réussi à retenir. Freslaud invite Breton à regagner son bureau et reste seul avec Cordoba.

— Je ne vais pas vous faire un dessin. Le Procureur suit cette affaire de près, et la juge Colette Somar n'a qu'une idée en tête, confier l'enquête au SRPJ. Il faut que nous allions vite et que nous trouvions des éléments fiables.

— Vous pouvez compter sur moi, Commissaire. Je vais lire le dossier et vous rédiger une note pour vous donner mon avis. Quelles sont les personnes qui sont mobilisées sur l'affaire ?

— À partir de maintenant, la totalité de l'effectif. Mais il n'y aura que vous et moi qui aurons accès au dossier. La presse est bien trop curieuse et je redoute des fuites. Je n'ai pas envie de lire que l'enquête piétine, ni que nos renseignements et méthodes d'investigation deviennent publics.

Cordoba s'isole dans son bureau et découvre page après page la faiblesse du dossier. Pas de mobile, pas de suspect, pas d'indices concordants. Son collègue a réuni des témoignages et des constatations qu'il n'a cependant jamais reliés entre eux. Il décide de convoquer à nouveau la veuve et certains membres du personnel.

En quelques jours, Cordoba réussit à recevoir toutes les personnes déjà entendues par Breton.

La jeune réceptionniste confirme ses propos et Jean-René, le chef cuisinier, brosse un portrait de son patron fidèle en tous points à celui décrit par sa collègue.

Cordoba revient sur la carrière professionnelle du cuisinier et sur ses projets personnels. Il veut aussi savoir si Jean-René a déjà surpris M. et Mme Delarche en train de se disputer à propos de la brasserie Chez Fernand.

— Je crois que Madame n'a jamais supporté les attentions de son mari pour Marco, non pas par rapport à la brasserie, mais surtout parce qu'ils n'ont jamais eu d'enfant. Que Monsieur ait pu se comporter comme un père avec son neveu l'agaçait profondément.

— J'ai cru comprendre que la gestion de la brasserie n'était pas aussi rigoureuse que celle du restaurant Les Trois Marches et que ces dernières années, le bénéfice du restaurant a servi à équilibrer les comptes de la brasserie. Est-ce une impression que vous aviez vous aussi et qui aurait pu être à l'origine des querelles concernant Chez Fernand ?

— Je n'ai pas pour habitude de m'occuper de la gestion de mes employeurs. Nous, au restaurant, grâce à la clientèle de qualité, aux repas de groupes et aux séminaires, la maison tourne très bien. Nous avons de bons salaires et nous sommes respectés. Le reste ne me regarde pas.

— Quels sont les rapports entre Paul Hermon et Marc Delarche ? J'ai l'impression que Paul est considéré comme l'enfant de la maison par Mme Delarche alors que c'était plutôt Marc qui était le préféré de M. Delarche.

— Je ne connais pas assez Marc Delarche pour connaître les relations qu'il avait avec son oncle. Je sais que Paul se considère, peut-être à tort, comme l'héritier des Delarche.

— Quelles sont vos relations avec Marc Delarche ?

— Je l'ai déjà rencontré au Pont-du-Var et à Hyères lorsque les patrons réunissent l'ensemble du personnel. Il m'est également arrivé de l'avoir au téléphone pour un besoin professionnel mais sinon, nous sommes chacun très occupés dans nos établissements respectifs donc nous n'avons pas de contact.

— Et vos relations avec Paul? Oh, pardon, je crois qu'il faut dire Monsieur Paul ?

— C'est un peu plus compliqué avec lui parce qu'il travaille et habite aux Trois Marches et qu'il a tendance à se prendre pour le maître des lieux lorsque Monsieur Delarche est absent.

— Cette attitude a-t-elle donné lieu à des conflits avec vous ou avec d'autres membres du personnel ?

— Pas de conflit ouvert mais nous nous en méfions tous. On ne sait pas exactement ce qu'il a comme projet dans la tête. Certains pensent qu'il serait poussé par Madame pour prendre la place de Marc Delarche à la brasserie. D'autres pensent qu'il est payé beaucoup plus cher que nous pour bricoler et faire les courses. C'est plutôt de l'agacement et de la prudence vis-à-vis de lui qu'un vrai conflit.

Cordoba a déjà ressenti cette gêne du personnel lorsqu'il a évoqué le nom de Paul. Certains allant même jusqu'à émettre des doutes sur son respect des patrons.

En recevant madame Delarche, il va tenter de percer ce mystère mais avant cela, il va surtout essayer de comprendre la raison qui l'a poussée à ne pas signaler la disparition de son mari, alors qu'il n'était pas rentré depuis deux jours.

— Monsieur Delarche était très occupé à l'extérieur de votre établissement ces derniers temps. Nous aimerions savoir si ces déplacements étaient professionnels ou s'il avait une activité personnelle à laquelle vous n'étiez pas associée.

— Mon mari était un homme sérieux mais très indépendant, il ne me disait pas toujours ce qu'il faisait et je n'ai jamais douté de lui. Ses déplacements étaient principalement professionnels, même s'il lui arrivait de profiter de sa présence dans telle ou telle ville pour rester une journée de plus à visiter. Nous exerçons un métier très difficile qui ne nous offre que peu de jours de congés par an alors, ne voyez rien de choquant à ce qu'il soit resté une journée ou deux à Lyon ou à Paris à l'occasion de ses déplacements.

— Lorsque son corps a été découvert, son portable était éteint. Nous n'avons retrouvé aucune empreinte digitale autre que les siennes et la batterie était pleine. Cela signifie qu'il avait lui-même coupé ce téléphone depuis le milieu de l'après-midi ce qui ne nous a pas permis de retracer ses déplacements. Vous n'avez pas non plus cherché à le joindre pendant tout ce temps. Étaient-ce vos habitudes ?

— Oui ! Lorsqu'il était en déplacement, mon mari ne souhaitait pas être dérangé parce qu'il lui arrivait de rencontrer des clients, des fournisseurs ou de participer à des salons professionnels. C'est lui qui m'appelait en fin de journée ou le matin à l'heure de son petit déjeuner pour prendre de mes nouvelles.

— Vous ne vous êtes donc pas inquiétée de ne pas avoir d'appels de sa part pendant deux jours et vous n'aviez pas de message urgent à lui laisser ?

— Comme je viens de vous l'expliquer, ça n'était pas dans nos habitudes.

Cordoba souhaite aller plus loin dans l'analyse de la personnalité de Mireille Delarche. Deux pistes s'offrent à lui, soit il parle de Paul Hermon, soit il parle de Marc Delarche. La veuve était-elle en conflit avec son mari pour placer Hermon à la place du neveu ou souhaitait-elle se séparer de Marc Delarche et revendre la brasserie pour améliorer les bénéfices du restaurant ?

Le policier se lance sur ce terrain.

— Nous avons été surpris par les conditions dans lesquelles Paul Hermon est entré à votre service. C'est original et tout à votre honneur. Ce monsieur vous en est réellement reconnaissant et se sent visiblement très bien aux Trois Marches. Vous avez aussi confié la direction de Chez Fernand à votre neveu, vous savez encourager les personnes motivées. C'est rare de nos jours. Je comprends qu'entre la gestion de ces deux beaux établissements, votre mari et vous-même ne deviez pas avoir beaucoup de temps libre.

— C'est mon mari qui gérait Chez Fernand. Moi j'ai bien trop à faire au restaurant en cuisine et en salle, sans compter que, pour satisfaire nos clients particuliers et les groupes, je m'occupe de la location de nos salles de réunionet et je gère les réceptions. Je n'ai vraiment pas de temps pour m'occuper en plus de cette brasserie.

— On ne s'imagine pas l'énergie que demande un établissement tel que Les Trois Marches. Heureusement que vous pouvez compter sur des personnes attachées à votre maison. Monsieur Delarche avait-il la même complicité que vous avec M. Hermon ? Quelles sont vos relations professionnelles et personnelles avec votre neveu ?

— J'espère que vous n'avez pas prêté d'intérêt aux propos des personnes qui me soupçonnent d'avoir une relation intime avec Paul. C'est un garçon que j'adore, qui est fiable professionnellement, sain et fidèle en amitié. Je ne peux pas en dire autant du neveu de mon mari qui n'a jamais su gérer une affaire et qui a toujours eu besoin de Roger pour lui venir en aide. Mon mari passait des journées entières à la brasserie à épauler Marco. Plusieurs fois par mois, il lui arrivait de s'y rendre pour le service du soir et il restait ensuite à dormir sur place. Mais comme Roger était un homme avec un fort caractère, chaque fois que j'ai voulu lui expliquer que cette situation n'était plus supportable, il me répondait que cette brasserie était une bonne affaire et que c'était lui qui souhaitait assister son neveu dans la direction de Chez Fernand.

En prononçant ces paroles, Mireille Delarche confirme ce que Cordoba pensait d'elle. Cette quinquagénaire dynamique et élégante avait accompagné son mari dans son ascension mais il ne lui avait jamais accordé l'indépendance qu'elle était en droit d'attendre. Il avait décidé d'acheter le restaurant au Pont-du-Var qu'il avait ensuite rebaptisé Les Trois Marches. Il avait décidé qu'ils n'auraient pas d'enfant. Il avait décidé de transformer les dépendances de leur propriété en salles de séminaires. Il avait décidé d'aménager l'étage de ces bâtiments en appartements et bureaux. Il avait donc décidé seul d'acheter la plus belle brasserie du port d'Hyères et d'en confier la direction à son neveu. Lorsqu'elle s'aventurait à émettre un avis contraire, il la recadrait sèchement comme en avait été témoin la jeune réceptionniste. Le policier n'est donc pas étonné que Mireille n'ait pas cherché à joindre son mari au cours des deux jours précédant sa mort.

Un élément trouble pourtant le policier. Les sportifs qui ont reconnu s'être régulièrement rendus Chez Fernand ont affirmé qu'ils n'y avaient jamais vu Roger Delarche. Le commissaire Freslaud, lui-même, a été surpris de découvrir que la brasserie appartenait à Delarche alors qu'il ne l'a jamais vu sur place, bien qui'il lui soit arrivé d'aller y dîner, de s'y arrêter pour acheter ses cigarettes ou d'y boire un verre en terrasse.

Ce qui intéresse à présent Cordoba, c'est l'entourage proche de Delarche. Une personne aurait-elle pu avoir intérêt à supprimer cet entrepreneur bien implanté dans le département ? Ses relations avec certains notables varois étaient-elles commerciales, amicales ou politiques ? Le restaurateur avait-il été menacé par des truands ou un réseau mafieux ?

— Je suis désolé de revenir sur un épisode qui vous avait contrarié à l'époque mais il me faut tout aborder pour comprendre ce qu'il s'est passé. Quelle était l'implication réelle de votre mari dans la politique départementale ? De nombreuses personnalités régionales et nationales ont tenu des réunions privées et publiques aux Trois Marches et des candidats y ont établi leur QG de campagne. Il y a eu cette affaire de bagarre entre colleurs d'affiches. Pensez-vous que des individus gravitant autour du milieu politique ou tout simplement du milieu, auraient pu menacer votre mari ?

— Roger ne m'a jamais fait part d'une quelconque menace et dans l'affaire que vous évoquez, nous n'avons jamais été inquiétés. Il s'agissait en effet de personnes qui avaient fréquenté notre maison mais uniquement parce que leur candidat avait loué une pièce et un bureau pendant la campagne électorale. Depuis, nous n'avons jamais réentendu parler d'eux.

— Je suis un peu indiscret mais vous comprenez bien que c'est pour avancer, en aucun cas pour satisfaire une curiosité mal placée. Nous savons que votre mari soutenait financièrement et matériellement les candidats d'une formation politique. Envisageait-il lui-même de se présenter un jour ou soutenait-il un candidat contre un autre au sein de cette formation ?

— Nous avons nos préférences mais nous n'avons jamais pris parti pour l'un ou pour l'autre. Nous sommes des commerçants et nous veillons à ne pas nous immiscer dans des conflits qui nuiraient à notre établissement.

Cordoba profite de cette rencontre pour annoncer à la veuve qu'il souhaite aller visiter les locaux de la brasserie et du restaurant ainsi que les dépendances.

— Je vous ouvre grand les portes du restaurant, des salles de séminaires et de la brasserie mais il me sera impossible de vous permettre de visiter les appartements et les bureaux loués à des particuliers. Ces personnes possèdent un bail et vous devrez contacter chacun d'eux.

— Non, cela n'aurait aucun intérêt. Sauf évidemment, si l'un de ces locataires se trouvait, de près ou de loin, lié à la disparition de votre mari.

La piste que voulait emprunter l'enquêteur pour identifier le mobile du crime semble sans intérêt. Il convoque séparément Paul Hermon et Marc Delarche dont les noms sont systématiquement cités par les témoins. Lequel aurait eu intérêt à voir disparaître le restaurateur et pourquoi ? Pour vivre des jours heureux auprès de Mireille à la tête des Trois Marches ? Pour hériter de la brasserie Chez Fernand ?

C'est Monsieur Paul qui est reçu le premier au commissariat. Il raconte une nouvelle fois tout son attachement au couple Delarche et son bonheur d'occuper ce poste dans de bonnes conditions matérielles et financières. Il affirme une fois de plus qu'il lui arrivait d'utiliser seul la BMW de Roger pour véhiculer des clients ou d'en être le passager pour accompagner son patron lors de déplacements professionnels.

— Vous est-il arrivé d'accompagner M. Delarche lorsqu'il se rendait sur le port d'Hyères ?

— Oui, évidemment. Lorsque nous allions chez Métro ou à Toulon pour des achats, nous passions en déposer à la brasserie. Mais quand Roger avait besoin de travailler avec Marco, il y allait seul.

— Comment qualifieriez-vous leurs relations ?

— Je ne comprends pas votre question !

— Aviez-vous l'impression que Marc Delarche avait besoin de son oncle pour gérer la brasserie ou au contraire qu'il aurait préféré être plus indépendant ?

— Je ne répondrai pas à cette question. Je me suis toujours interdit de porter un jugement sur qui que ce soit.

— D'autres que vous n'ont pas cette délicatesse ! Et plusieurs témoignages vous décrivent comme une personne qui tire profit de votre relation avec le couple, en abusant de votre statut quelque peu différent de celui des autres membres du personnel. C'est notamment l'impression du chef-cuisinier.

— Jean-René est un jaloux qui ne supporte pas que Roger ne lui accorde pas l'importance qu'il pense mériter. Il lui est souvent arrivé d'être invité par Roger à des réunions professionnelles ou pour dîner avec de futurs clients. Quand je le vois partir à ces rendez-vous avec son petit costume et son petit attaché-case, il me fait rire. Il se donne plus d'importance qu'il n'en a réellement. C'est aussi lui qui gère les repas des clubs services qui se réunissent régulièrement aux Trois Marches. Il nous amuse un peu quand il essaie de sympathiser avec ces personnes d'un autre niveau social que le sien. Mais franchement, je me moque de ce que Jean-René pense de moi. Je vis ma vie et lui la sienne. C'est un bon professionnel et de mon côté, je donne satisfaction à mes employeurs. Le reste ne m'intéresse pas.

Chaque fois qu'il reçoit un témoin en audition, Cordoba se heurte à un mur. Aucune faille qui permettrait d'émettre le début d'une hypothèse sur le mobile de ce crime bien mystérieux. L'examen des comptes ne laisse apparaître aucune sortie d'espèces qui pourrait correspondre à du racket. Aucune dépense non justifiée, aucun retard d'encaissement des recettes de location et de prestations au profit de clients particuliers, d'associations ou d'entreprises. Une gestion saine pour deux établissements aux chiffres d'affaires élevés.

C'est au tour du neveu de se présenter face à Cordoba.

— Je ne vais pas vous retenir longtemps parce que je sais que vous préparez la nouvelle saison touristique. Comment allez-vous gérer la brasserie après la disparition de M. Delarche ?

— Je ne vais pas changer mes habitudes en attendant de savoir ce que va décider ma tante. J'ai mon équipe au complet et je sais quels saisonniers vont nous rejoindre de mars à novembre.

— Mme Delarche nous a indiqué que son mari était régulièrement à vos côtés pour diriger la brasserie. Confirmez-vous ses propos ?

— Je ne sais pas ce qu'elle appelle régulièrement. Elle n'a jamais accepté que mon oncle achète Chez Fernand et encore moins que ce soit moi qui m'en occupe. Ce n'est pas nouveau, depuis que je suis gamin, elle ne supporte pas que Roger s'intéresse à moi. Ils n'ont pas eu d'enfant et Roger s'est toujours montré généreux avec moi. Depuis quatre ans, son obsession est de revendre la brasserie et de se débarrasser de moi. C'est maintenant ce qu'il va arriver, j'en suis convaincu.

— Quelles sont vos relations avec Monsieur Paul et avec Jean-René, le chef-cuisinier ?

— Elles sont bonnes avec l'un et l'autre. Paul vient souvent pour livrer du matériel et effectuer l'entretien. Il mange avec nous. Je n'ai aucun problème avec lui. Je vois moins souvent Jean-René mais nous nous appelons afin d'échanger professionnellement et il nous arrive de boire un verre Chez Fernand ou ailleurs.

Cette dernière information étonne Cordoba qui se souvient que le chef-cuisinier n'a pas indiqué la même proximité entre Marc Delarche et lui.

— Votre oncle vous semblait-il inquiet ou menacé ces derniers temps ? Des soucis professionnels ou personnels, des problèmes de santé ou de couple ?

— Non, il avait de nouveaux projets pour la saison touristique et m'avait demandé de m'impliquer plus encore dans l'animation du quai en participant aux opérations ponctuelles, mêmes celles organisées à l'autre extrémité du quai, au bassin de la Gavine. Sa seule contrariété à ma connaissance a été un rappel de cotisations URSSAF à la suite de la modification du contrat de travail d'une personne mais, ce ne sont là que des formalités courantes sans conséquence pour l'entreprise.

Cordoba ne trouve toujours pas de piste à retenir et chaque témoignage l'incite à en ouvrir de nouvelles.

À l'issue de cette série d'auditions, il retrouve Freslaud dans son bureau pour un premier bilan. Breton assiste à cette réunion. Il a travaillé sur les fichiers et a identifié les personnes entrées récemment en contact avec Roger Delarche. Cette recherche minutieuse n'a pas permis de découvrir un élément à exploiter en priorité.

Cordoba présente les quelques incohérences entre les témoignages. Freslaud commence à s'impatienter devant tant d'imprécisions. Il conclut cette réunion et demande à Cordoba de rester, prétextant le besoin d'évoquer une autre affaire avec lui. Breton sort du bureau.

— Il n'y a pas d'autre affaire, Cordoba. La presse me relance sur l'affaire Delarche. Je leur ai promis du nouveau avant la fin de semaine mais je comprends que nous sommes au point mort. Il n'existe pas de crime parfait, nous allons trouver, mais comment ?

— Je vais continuer d'entendre les proches de Delarche et certains contacts que Breton vient de nous indiquer. Il faudrait affiner la géolocalisation du portable. Même éteint, il a obligatoirement borné sur les relais. Nous pourrions savoir s'il est resté à Hyères ou pas.

— J'ai une autre idée qui va peut-être vous révolter mais je sais que vous et moi, nous avons le même objectif : trouver les auteurs de ce crime et prouver que nous avons su mener notre enquête.

— Je n'aime pas vous entendre parler comme ça, patron, mais allez-y, quelle est votre idée ?

— Je veux taper dans la fourmilière en laissant fuiter de fausses informations dans la presse.

— Les journalistes de *Var Matin* et de *France Bleu* n'accepteront jamais, ils vont nous massacrer.

— Je ne vous parle pas des journalistes varois. Je pense à votre ami Jeff, le parisien. Je suis certain qu'une enquête au soleil le changerait de la grisaille de la capitale. Nous passons un deal avec lui, nous lui réservons l'exclusivité de nos informations fiables et en échange, il enquête sur les terrains où il nous est impossible d'aller. Je suis certain que Delarche a été tué sur commande mais, pour savoir pourquoi et qui a commandité ce crime, c'est en balançant quelques indiscrétions dans la presse que les trouillards vont baver.

JEFF

Jeff a longtemps travaillé au sein de la rédaction du journal *Libération*. C'est en couvrant l'Affaire Natacha, une touriste étrangère disparue l'été dernier sur l'île de Porquerolles, qu'il a rencontré le commissaire Freslaud et sympathisé avec Cordoba. Journaliste d'investigation, spécialiste des faits divers et des scandales politico-financiers, Jeff aime chasser, c'est-à-dire planquer et user de stratagèmes. Il lui est déjà arriver de se présenter sous une fausse identité, ou une fausse qualité professionnelle, pour obtenir l'information qui lui a permis de balancer des scoops. Jusqu'à présent, il réservait l'exclusivité de ses papiers à *Libération*. Désormais il est free-lance, ce qui lui permet de vendre ses reportages aux médias les plus offrants. Il intervient également, de plus en plus souvent, à la télévision par l'intermédiaire de sociétés de production qui le sollicitent pour des faits divers et des enquêtes criminelles.

La première rencontre entre Jeff et le commissaire de police hyérois avait été très tendue. Freslaud avait d'abord été très hostile à fournir des informations à ce journaliste parisien sans scrupules, puis finalement, il avait apprécié sa façon habile de ne jamais renoncer. Il avait été frappé par l'esprit d'analyse et d'anticipation de ce quadra. Freslaud avait même reconnu devant ses hommes « Ce mec aurait été un super flic s'il était rentré chez nous ! »

De là à penser que le marché proposé par le commissaire allait l'intéresser, il y avait une marge que Cordoba jugeait bien trop importante pour prendre le risque de l'appeler.

— Je ne connais pas assez Jeff pour lui demander ce service. Et je crains que le seul scoop que nous pourrions lui offrir, serait d'en devenir nous-mêmes le sujet. Imaginez la catastrophe s'il nous piégeait et qu'il publiait une tentative d'arrangement entre la police et la presse ?

— Je ne vous parle pas d'un arrangement, je vous parle d'une relation de confiance. Comme on dit dans le monde économique, un contact « gagnant-gagnant ». Nous lui réservons la primeur de nos informations, que nous ne donnerons que quelques heures ou quelques jours plus tard à ses confrères, et en échange, il partage avec nous ses impressions et les tuyaux qu'il aura recueillis d'une façon qui ne nous regarde pas.

— Je ne trouve pas ça très correct ! se limite à déclarer Cordoba. L'enquêteur sait que derrière cette proposition surprenante se cache le désespoir de son patron. Le désespoir de ne pas avancer dans une enquête qui va lui échapper et qui va signer la fin de sa réputation de flic habile. Cette prudence provoque la colère de Freslaud.

— Et abandonner un homme d'affaires respectable dans le coffre de sa voiture après l'avoir tué, vous trouvez ça correct ? Ils doivent bien se marrer les salopards qui ont monté le coup. Peut-être avez-vous vous-même reçu l'un d'entre eux en audition sans l'inquiéter. Depuis la découverte du cadavre, nous n'avons pas avancé malgré l'autopsie, les relevés d'empreintes, les analyses, les auditions et les pièces comptables. Rien, nous n'avons rien ! Je me moque de ce que pensent de moi les magistrats de Toulon. Je me moque des textes votés par des parlementaires qui exigent une baisse de la délinquance et de la criminalité mais ne nous donnent pas les moyens humains et matériels pour y parvenir. Cordoba, comme moi, vous avez décidé de devenir flic pour combattre ces voyous et garantir la paix de nos concitoyens. Eh bien c'est le moment de le prouver ! Je peux vous assurer que les assassins de Delarche, c'est nous qui allons les arrêter !

Cordoba comprend que rien n'arrêtera Freslaud dans la réussite de cette enquête devenue une affaire personnelle. L'échec de celle-ci serait l'échec de trop pour le commissaire. Alors, l'enquêteur met de côté son honneur, ses principes et le respect scrupuleux des textes en vigueur.

— Je ne vous promets rien mais je vais essayer. Je vais déjà l'informer de ce meurtre et je verrai bien sa réaction.

— Voilà une sage décision. De tous temps, les meilleurs flics de France ont eu recours à des méthodes qui n'étaient pas gravées dans le marbre, ni recommandées par la profession, mais cet arrangement avec les règles leur a permis de résoudre des affaires bien plus tordues que la nôtre. Et ceux dont la priorité a toujours été de respecter à la lettre le guide des bonnes pratiques de la police et de la justice ont abouti à des fiascos, des crimes jamais élucidés et des erreurs judiciaires.

Une fois de retour dans son bureau, Cordoba mesure la gravité de la proposition de son patron. Le policier exemplaire qu'il a toujours été se trouve face à un cas de conscience. Doit-il téléphoner au journaliste ou doit-il retourner voir son patron pour le ramener à la raison ?

Dans l'immédiat, il décide de signaler ce meurtre à Jeff, sans l'inciter à venir sur place et sans évoquer la proposition de Freslaud.

— Bonjour Jeff, c'est Cordoba du commissariat de police d'Hyères.

— Salut poulet ! Quoi de neuf dans le Var ? Des stars en vacances ou tu as un sujet qui pourrait m'intéresser ?

— Il n'y a pas beaucoup de stars sur la côte à cette époque de l'année donc, c'est effectivement un meurtre qui a été commis dans des conditions inhabituelles.

— C'est sympa d'avoir pensé à moi. Tu sais que j'ai quitté *Libération*. Désormais, je suis indépendant, je travaille pour différents supports. C'est quoi comme meurtre ? Je n'ai rien vu passer parmi les dépêches de l'AFP.

Une rapide description des circonstances dans lesquelles le corps a été découvert, une présentation de la victime et un point sur l'enquête ont aiguisé la curiosité de Jeff, mais le policier hyérois n'a pas réussi à annoncer au journaliste qu'il pourrait profiter de certaines informations s'il décidait de venir sur le terrain. Il tente une approche qui ne correspond pas à sa nature, habituellement plus prudente, en donnant l'impression qu'il balance quelques détails sans s'en rendre compte.

— L'enquête criminelle vient juste de nous être confiée. On grenouille un peu entre plusieurs pistes, peut-être un différend professionnel ou du racket qui aurait mal tourné. Pour l'instant, nous n'avons pas encore assez d'éléments pour orienter l'enquête, mais si elle t'intéresse, je peux demander à mon commissaire l'autorisation de communiquer.

— Ah ! Ton commissaire ! S'il m'en veut toujours à la suite de l'affaire de la disparue de Porquerolles, ce sera un NON définitif.

— Je vais te surprendre mais un jour, il nous a dit que tu aurais pu être un bon flic parce que tu ne lâchais jamais une piste quand tu sentais qu'elle pouvait être la bonne.

— C'est un jeu pour moi avant d'être un boulot.

J'adore. Et plus encore quand je me trouve en rivalité avec des confrères ou des flics. Vois avec ton commissaire s'il accepterait de me parler au téléphone. Cette affaire pourrait m'intéresser.

Que l'affaire puisse l'intéresser, Cordoba n'en doute pas, mais qu'il accepte d'échanger des infos, il n'y croit pas trop. Il va quand même annoncer la nouvelle à Freslaud qui réagit avec un sourire synonyme de victoire.

— Si ce sujet l'intéresse, il va venir et s'il vient, il va mettre toutes les chances de son côté pour en tirer un bénéfice donc, il va accepter nos infos. De toute façon, même s'il ne jouait pas le jeu, on ne perdrait rien, il aurait juste une petite avance sur ses confrères de la presse régionale. Vraiment, ça vaut le coup de tenter.

— Je vous fais confiance, vous avez une plus grande expérience que moi avec la presse.

— Je ne vais pas lui téléphoner, précise le commissaire. Dites-lui que je le recevrai avec plaisir pour un point-presse. Je préfère être certain de son intérêt pour cette affaire avant de lui proposer quoi que ce soit.

Comment ce journaliste « police-justice » pourrait-il se priver d'un sujet qu'il revendra sans difficulté à plusieurs titres nationaux ? Évidemment, Jeff ne laisse pas passer une telle occasion. Lorsque Cordoba le rappelle, il lui confirme son arrivée dès le lendemain.

— Revenir dans une ville que l'on connait déjà présente pas mal d'avantages. J'arriverai demain en fin de matinée à l'aéroport Toulon-Hyères où j'ai réservé un véhicule de location. L'hôtel Ceinturon à l'Ayguade vient juste de rouvrir pour la saison, j'ai loué une chambre là-bas. Je peux passer au commissariat en début d'après-midi. Est-ce qu'il y a d'autres confrères nationaux sur le coup ?

— Pour l'instant, nous n'avons vu personne. Il n'y a que les journalistes de la presse régionale qui couvrent l'affaire quotidiennement depuis la découverte du cadavre mais ça n'a pas provoqué d'écho national.

— J'espère, je n'ai pas envie de me déplacer pour rien ou de me retrouver face à des concurrents sur le terrain !

Dès le lendemain, Jeff s'installe pour quelques jours au Ceinturon. M. et Mme Madoni, les propriétaires, lui réservent un accueil chaleureux et évoquent avec lui l'assassinat de cet homme qu'ils ont bien connu. La lecture des dernières éditions de *Var Matin* lui en apprend un peu plus sur Roger Delarche et sur ses établissements. Finalement, il ne regrette pas son déplacement dans le Var. Cette affaire commence à l'intéresser compte tenu de la personnalité de la victime et de son implantation dans le département.

Comme prévu, Jeff se rend au commissariat en début d'après-midi. En à peine deux années, le bord de mer a bien changé avec l'aménagement de la promenade reliant le port Saint-Pierre au quartier de l'Ayguade. Il se promet d'aller s'y promener en fin de journée , sauf si son rendez-vous avec les policiers lui offre matière à écrire au plus vite ou partir en ville à la recherche d'informations complémentaires.

La rencontre entre le commissaire et le reporter débute par des échanges un peu tendus mais Freslaud ne recule devant rien pour obtenir ce qu'il espère, allant jusqu'à livrer certaines confidences.

— Cette affaire Delarche reste, à ce jour, un mystère. Personnellement, je ne crois pas aux crimes parfaits. Ce ne sont que la conséquence de la faiblesse de l'enquête. Dans le cas présent, les éléments matériels et les résultats des analyses n'ont pas permis de résoudre l'énigme, mais j'ai décidé de mobiliser tout mon effectif et d'examiner chaque détail afin qu'aucun ne nous échappe.

Jeff est loin d'être naïf et comprend rapidement que le dossier d'enquête est creux et que les confidences de Freslaud n'ont rien de spontanées et de naturelles. Le reporter marque son territoire.

— J'imagine, Commissaire, qu'il n'est pas dans vos habitudes de livrer vos états d'âmes à la presse. Ne perdons pas notre temps, qu'attendez-vous de moi ?

Freslaud est mauvais comédien et lorsqu'il surjoue son étonnement à la suite de cette question, Jeff porte l'estocade en répétant la même question et en la complétant.

— Qu'attendez-vous de moi ? J'avais trouvé sympa que Cordoba me contacte pour me donner l'info concernant la découverte de ce cadavre mais je comprends à vous entendre, en son absence, que l'initiative venait de vous. Alors, Commissaire, qu'attendez-vous de notre rencontre ?

— Je vous ai trouvé brillant lorsque vous aviez couvert l'affaire de la disparue de Porquerolles. J'ai apprécié que vous ayez tenu tête au Procureur même si ça m'a valu quelques difficultés ensuite. Mais, ce que j'ai retenu de cette période difficile pour nous, c'est que vous avez travaillé avec méthode sur des terrains qui nous sont interdits. J'aime bien les mecs comme vous.

— Et ce n'est que pour m'adresser ce compliment que vous m'avez fait venir ? Pour me dire que concernant l'assassinat de ce restaurateur vous n'avez rien à me donner mais mais que vous aviez apprécié mon travail, lors de la disparition de la touriste ? Je ne perds pas plus de temps ici. Je vous laisse ma carte et s'il y a du nouveau, n'hésitez pas à m'appeler.

— Pas si vite, Jeff ! Je vais être direct, au risque de vous choquer. Vous et moi avons intérêt à découvrir en premier ce que cache cette affaire. Vous, parce que votre passion et votre boulot sont de sortir des scoops qui confortent votre notoriété et moi parce que je n'ai pas envie d'être dessaisi de l'enquête au profit du SRPJ. C'est pour moi une question d'honneur.

— Vous me prenez pour l'un de ces petits merdeux de banlieue qui deviennent de bons indics pour la police en échange du classement sans suite d'un vol de scooter ?

— J'ai besoin d'aller sur votre terrain, celui qui est interdit aux flics parce que ce n'est pas écrit dans les textes.

En échange, je vous donne les infos presse avant de les communiquer à vos confrères.

— Qu'est-ce que vous appelez venir sur mon terrain ?

— La grande différence entre vous et nous, c'est que nous, nous avons l'obligation de nous présenter lorsque nous voulons interroger un témoin. Ensuite, nous devons rédiger un procès-verbal avec son identité, son pédigrée, le contenu de notre échange et lui demander de le signer sinon nous ne pouvons tenir compte de ce témoignage. Vous, les journalistes, vous pouvez rencontrer toutes les personnes que vous désirez sans convocation et sans vous présenter. Vous n'annoncez même pas l'usage que vous réserverez aux informations que vous obtenez ainsi, et vous pouvez les publier sans citer vos sources. Je suis certain que seule l'addition de nos deux méthodes de travail permettra de résoudre l'énigme de l'affaire Delarche.

— Je n'en doute pas, Commissaire, mais ce que vous me proposez est contraire à nos chartes respectives. Et pourquoi pensez-vous que je pourrais accepter un tel arrangement ?

— Il ne s'agit pas d'un arrangement entre la police et la presse. Il s'agit de simples discussions entre un journaliste animé par une seule ambition, celle de trouver la vérité avant ses confrères et d'un flic en fin de carrière, qui veut partir la tête haute et non pas sur un échec.

Jeff ne tarde pas à accepter la proposition qui n'est pas très éloignée de celles que connaissent ses confrères des rubriques politiques, économiques, culturelles et sportives. Les indiscrétions, les fuites d'informations et les exclusivités ne s'obtiennent jamais dans le respect de la charte des journalistes.

— Commissaire, je ne suis pas opposé à échanger nos informations concernant cette affaire, mais à aucun moment je n'accepterai d'ordre de la part d'un policier. Au moindre manque de respect de votre parole, je dénoncerai publiquement cette tentative de rapprochement.

— Des menaces ? répond fermement Freslaud.

— Non, ce ne sont pas des menaces ! Je vous rappelle simplement que je suis un journaliste indépendant de toute rédaction, mais aussi indépendant vis-à-vis des autorités, et que je n'ai d'ordre ou de mise en garde à recevoir de personne.

Cette précision valide l'accord entre les deux hommes. Freslaud demande à Cordoba de venir les rejoindre afin de fixer les règles de bonne conduite entre le journaliste et les policiers. Cordoba et Freslaud reviennent en détails sur la découverte du cadavre et livrent les éléments fiables qui peuvent être rendus publics.

Jeff peut déjà diffuser un premier article assez complet. Il rentre au Ceinturon où il s'installe un coin bureau et commence à rédiger. Un peu plus tard, il s'offrira une marche vivifiante sur la promenade du front de mer pour se rendre au port Saint-Pierre afin de découvrir la brasserie Chez Fernand.

CHEZ FERNAND

Depuis l'hôtel, le port Saint-Pierre est à une petite demi-heure de marche par la promenade du front de mer. Jeff souhaite profiter de ce moment au grand air pour téléphoner à Marie, son amie. Celle qui partage sa vie va une nouvelle fois être déçue. Selon elle, le journaliste aime un peu trop son métier au point qu'elle a souvent l'impression de passer au second plan.

Après avoir échangé quelques mots tendres, il lui confirme ce qu'elle craignait.

— Je suis bien installé et tant mieux parce que je vais rester ici quelques jours. L'affaire me plaît beaucoup et nous partons à armes égales avec les flics. J'adore. Ils n'ont aucune bille qui leur permettrait de retenir une piste plus qu'une autre. Je t'avais dit que je rentrerais vendredi après-midi mais je vais devoir rester le week-end et le début de semaine ici. J'en suis désolé.

Marie sait qu'il est inutile de lui proposer de le rejoindre ce week-end. Lorsque Jeff est sur un coup, comme il dit, rien d'autre ne l'intéresse. Il est capable de rester des journées entières à consulter des articles de presse, des sites internet et des biographies pour collecter des informations insignifiantes mais qui, associées les unes aux autres, deviennent des pistes à creuser. Il peut aussi planquer des heures à une terrasse de café ou dans un parc public à attendre la rencontre entre deux personnes qu'il veut photographier ensemble.

Marie lui reconnaît cette grande qualité professionnelle qu'elle déplore, par ailleurs, sur un plan personnel.

— Tu es seul sur l'affaire ?

— Il y a les journalistes locaux et régionaux mais aucun correspondant de la presse nationale. Le parquet et le commissariat communiquent peu, mes confrères varois sont en attente d'infos. Moi, je vais gratter tout ce que je vais pouvoir et j'espère bien trouver avant eux pour publier un super papier et m'offrir un 20 heures.

Lorsqu'il est excité de la sorte, Jeff redouble d'énergie et la notion de journées, de nuits, de semaine ou de week-ends n'existe plus. Marie n'a pas d'autre possibilité que de l'encourager et de lui souhaiter la réussite dans son enquête.

Le voilà déjà arrivé à l'entrée de la base nautique municipale, à l'entrée du port, juste à côté de Chez Fernand. L'établissement jaune et bleu est imposant avec sa grande terrasse. À cette époque de l'année, les tables ne sont pas installées mais la superficie est telle que Jeff imagine très bien l'affluence durant la saison estivale. Pour quelques semaines encore, le bar-tabac et la salle de restaurant n'accueilleront que la clientèle locale. Un rapide coup d'œil lui permet de constater qu'il n'y a pas assez de monde pour entrer sans être repéré, il passe son chemin et observe de loin l'activité du bar.

Parmi les quelques personnes présentes, il identifie très nettement celui qui doit être le manager du lieu. À travers les vitres de la brasserie, il le voit en train de blaguer avec deux clients. Curieuse attitude pour un homme qui vient de perdre celui qui le considérait comme son propre fils. Pour en avoir la certitude il n'a pas d'autre possibilité que de se rendre à l'intérieur du commerce.

Jeff remarque l'enseigne de la Française des Jeux, voilà un bon prétexte pour entrer, rester quelques minutes, penché sur une grille du Loto en tendant discrètement l'oreille, puis quitter les lieux après avoir validé une grille. L'avantage du Loto, c'est qu'il est possible de revenir régulièrement et de n'étonner personne.

Cette première visite Chez Fernand l'autorise à penser que Marco semble plus préoccupé par la poursuite de l'activité de la brasserie et par l'enquête criminelle que par la disparition de son oncle Roger.

La discussion entre le neveu et les deux clients est significative.

— J'ai été convoqué au commissariat mais je leur ai dit que je ne savais rien sur les activités de Roger. Vous pensez bien que s'il avait trempé dans un trafic ou autre, il ne m'en aurait pas parlé.

— Pourquoi aurait-il trempé dans un trafic ? s'étonne l'un des deux clients.

— Je n'en sais rien mais c'est bizarre qu'il se soit fait tuer à cet endroit sans aucun mobile, sans aucune trace. Moi, je pense que c'est la mafia qui l'a éliminé et ce sont des tueurs professionnels qui ont été payés pour ça.

— C'est horrible ce que tu dis. Méfie-toi si tu hérites de la maison, ils viendront te rendre visite à ton tour !

— Oh, ça, ce n'est pas encore fait ! Je ne sais pas ce que ma tante va décider. Je n'ai pas discuté avec elle depuis la mort de Roger. Nous devons nous rencontrer demain après-midi chez elle. Je vais bien voir ce qu'elle va me proposer.

Afin de ne pas rester plus longtemps que les joueurs réguliers, Jeff se présente devant la borne de la Française des Jeux pour enregistrer son jeu puis il sort comme n'importe quel client l'aurait fait.

Il traîne encore quelques minutes dans le quartier à observer les accès, les parkings, à noter les noms des commerces voisins, des bars et des autres restaurants du port. Tous ces renseignements pourraient vite devenir précieux s'il pouvait rencontrer une personne ayant connu la victime.

La brasserie intéresse également fortement Cordoba qui a décidé d'entendre à nouveau Marco. Il l'a convoqué au commissariat dès le lendemain matin pour une nouvelle audition plus ciblée sur les résultats financiers de la brasserie et sur ses relations personnelles avec le couple Delarche.

De retour de sa promenade sur le port, Jeff décide de s'offrir une bière pression au bar du Ceinturon. En discutant avec le serveur, il découvre que celui-ci connaît un des employés de Chez Fernand.

— Ils sont tous inquiets là-bas parce que Marco ne tardera pas à couler la boutique comme il l'a fait avec les boîtes qu'il a eues avant.

— Quelles boîtes ? Il a déjà géré des restaurants ?

— Non pas du tout. Il avait une petite location de bateaux sur la presqu'île de Giens, près de la plage de la Badine. Il a voulu ouvrir une boutique plus importante et devenir coach sportif mais comme ça ne marchait pas, il a tout coulé. Ensuite, je crois qu'il a aménagé des chambres d'hôtes dans une belle maison au cœur de Giens et il organisait plus ou moins des randonnées pédestres entre la Madrague et la Tour Fondue. C'est un mec un peu bohème, un peu loufoque. Heureusement qu'il a eu la chance d'avoir été soutenu par son oncle qui l'a remis sur les rails.

— Le connaissez-vous personnellement ? Pensez-vous qu'il aurait pu en vouloir à son oncle au point d'être mêlé à sa disparition ?

— Non, je ne le connais pas, mais franchement, je

crois que c'est bien le dernier qui avait intérêt à ce que son patron trouve la mort. Si j'ai bien compris, il ne va pas rester longtemps à la brasserie parce que la femme ne peut pas le voir.

— M. et Mme Madoni vous l'ont certainement déjà dit mais je ne souhaite pas que l'on sache que je suis journaliste et que je me trouve à l'hôtel le temps d'enquêter sur cette affaire. Je vous demanderais de ne pas indiquer ma présence à votre ami. En revanche, je veux bien que vous me préveniez si vous apprenez que ça bouge du côté de la brasserie.

Dès son arrivée au commissariat le lendemain matin, Marc Delarche est accueilli par Cordoba qui le reçoit dans son bureau.

— Je reviens sur un point important de l'audition de Mireille Delarche. Elle nous a confié que son mari était régulièrement présent à vos côtés à la brasserie et que selon ses propres termes, « cet établissement était mal géré au point que ces dernières années, c'est le bénéfice des Trois Marches qui a épongé le déficit de Chez Fernand ». Pouvez-vous m'en dire un peu plus sur les raisons qui lui font penser ça ?

— C'est faux, la brasserie est à l'équilibre depuis deux années. Ma tante protège Paul Hermon et voulait que mon oncle accepte d'en faire leur héritier. Il n'a jamais voulu alors, comme elle a décidé de m'ignorer, il me voyait seul de temps à autre. Ce qu'il ne lui a jamais dit, c'est qu'il me formait pour lui succéder et non pour gérer la brasserie à ma place, ça, je sais le faire tout seul. Mon oncle le savait et avait confiance en moi.

— Avec la disparition de Roger Delarche, risquez-vous réellement de perdre votre place à la brasserie ? Mme Delarche envisage-t-elle de désigner M. Hermon comme légataire universel ?

— Exactement, donc ce n'est pas de mon côté qu'il faut chercher celui qui avait intérêt à voir disparaître Roger. Inutile de me convoquer tous les deux jours !

— Monsieur Delarche, s'il le fallait, je vous convoquerais tous les jours, que ça vous plaise ou non. Je suis chargé d'une enquête criminelle et mon boulot est de la résoudre. Je ne vous accuse de rien, je cherche à comprendre les déclarations des uns et des autres. Cependant, j'ai eu l'occasion de lire les bilans comptables des deux dernières années pour les deux établissements et vous m'étonnez quand vous me parlez de comptes à l'équilibre. Cet équilibre n'est obtenu que grâce à l'apport ces deux dernières années de 26 000 € du restaurant au profit de la brasserie. C'est une belle somme non ?

— C'est un engagement de mon oncle pour valoriser la brasserie en cas de revente. Je n'ai pas à discuter ses choix stratégiques. Et je n'ai pas à m'occuper de leurs problèmes de couple.

— Ils en avaient ?

— De quoi ?

— Des problèmes de couple ! Est-ce que Paul Hermon

figurait dans la liste de ces problèmes ? Est-ce que sa désignation en qualité de légataire en était un autre ?

— Je ne répondrai pas à ces questions. Je respecte la mémoire de mon oncle et je ne me permettrais pas d'imaginer ce que pouvaient être leurs discussions intimes.

— M. Delarche avait-il pour projet de revendre la brasserie pour répondre aux désirs de son épouse ? Je me suis laissé dire qu'il envisageait de se séparer de vous ?

— Il ne m'en a jamais parlé et je n'ai jamais eu cette impression.

— Lorsque son corps a été découvert, il y avait divers objets de brocante dans son coffre. On a aussi appris qu'il avait vendu des matériels et du mobilier professionnel ces dernières semaines. Le connaissiez-vous chineur ou avait-il besoin d'argent liquide dont nous n'avons pas retrouvé la trace ni sur ses relevés bancaires, ni dans son bureau ?

— Je vois que vous fouillez partout. Je n'aimerais pas exercer votre métier.

Agacé par le comportement de Marco, Cordoba s'offre une petite entorse au règlement des bonnes pratiques du policier.

— Chacun exerce le métier qui lui correspond. Moi, voyez-vous, ça me gênerait de m'enrichir en vendant de l'alcool, du tabac, et des jeux de hasard à des pauvres gens qui en deviennent addict au point de se ruiner ou d'en tomber malades. Moi, je respecte votre choix alors respectez le mien qui est de protéger les citoyens contre les voyous de toutes sortes.

Marc Delarche a très vite compris qu'il ne fallait pas jouer à ce jeu-là avec Cordoba. Il se montre soudainement plus coopératif.

— Mon oncle était une personne assez secrète. Il ne laissait rien transparaître de ses sentiments et même quand il rencontrait des difficultés, il n'en parlait à personne. Je ne serais pas étonné qu'il n'ait jamais expliqué à ma tante que les 26 000 € dont vous parlez était destinés à améliorer le résultat net de la brasserie et non pas pour la renflouer. Et puis, peut-être que fiscalement, il était intéressant de prélever cette somme sur le restaurant pour la verser à la brasserie. Si vous avez besoin, vous pouvez venir à tout moment consulter mes comptes et mes bilans.

— Je vous remercie de me le proposer et je n'hésiterais pas à vous rendre visite si besoin. Je vais vous paraître brutal mais je me dois de vous poser cette question. Pensez-vous que votre oncle aurait pu être menacé par une organisation criminelle ou par un concurrent ?

— Votre question n'est pas brutale puisque nous l'avons évoquée entre nous à la brasserie. Je n'en sais rien du tout. Je ne le pense pas ou plus exactement, j'espère que ce n'était pas le cas.

— Pensez-vous que dans l'entourage professionnel, amical ou familial de M. Delarche, une personne aurait pu avoir un différend si important avec lui que cette personne aurait pu s'emporter au point de commettre, de façon accidentelle ou volontaire, l'irréparable ?

— Je n'en sais rien. Vous me posez des questions qui me dépassent et auxquelles il m'est impossible de répondre. Le ou les auteurs de ce crime odieux peuvent se trouver parmi les proches de Roger, mais il peut aussi s'agir de délinquants l'ayant agressé pour lui voler l'argent que vous n'avez pas retrouvé.

Le médecin légiste qui a pratiqué l'autopsie a été formel, Delarche ne s'est pas défendu avant de mourir. La piste du vol ayant mal tourné ou d'une bagarre pour une raison inconnue a donc été définitivement écartée, le corps aurait porté des traces de coups.

— Toutes les pistes sont explorées et je ne manquerai pas de revenir vers vous pour m'aider à comprendre certains témoignages. Et si de votre côté vous avez des informations à me communiquer, n'hésitez pas.

Marc Delarche quitte le commissariat et retourne à la brasserie où quelques tables ont été réservées pour le déjeuner. Après le service, il se rendra au Pont-du-Var afin de discuter de son avenir avec Mireille.

MARCO

Freslaud et Cordoba viennent de réunir leurs hommes et chacun a présenté les éléments fiables en sa possession. Les comptes bancaires et les bilans comptables de Delarche ne laissent apparaître aucune dépense suspecte. En revanche, le fonctionnaire en charge de cette recherche a confirmé ne pas avoir trouvé de recettes correspondant aux ventes de matériels et de mobiliers professionnels effectuées ces derniers temps.

Un autre a confirmé que l'exploitation de l'historique des appels téléphoniques a permis d'établir la liste de toutes les personnes avec lesquelles Roger Delarche a été en contact dans les semaines précédant sa mort. Ces contacts ont été classés par fréquence et durée d'appels. Les échanges par SMS ont été moins nombreux et ne sont sortis que très rarement de la sphère privée.

Les empreintes digitales et ADN relevées sur la BMW le jour de la découverte du corps n'ont pas permis d'identifier des individus déjà fichés par les services de la police scientifique. Il faudrait maintenant procéder à un relevé des empreintes des proches de Delarche pour les comparer à celles trouvées sur le véhicule.

Les enquêtes de voisinage ont abouti à un portrait peu flatteur de Roger Delarche, présenté comme une personne aimant l'argent, ne s'intéressant aux autres que par intérêt, autoritaire et dominateur. Un portrait contredit par ses proches et le personnel du restaurant Les Trois Marches.

Freslaud est loin d'être satisfait par ce qu'il vient d'entendre. Raison pour laquelle il donne de nouvelles consignes.

— Nous allons poursuivre les investigations matérielles et intensifier les auditions des proches. Il y a forcément quelqu'un qui sait quelque chose et qui le cache. Il faut que nous en trouvions la raison.

Cordoba est du même avis que son patron et propose une stratégie d'enquête en simultanée.

— Commissaire, les auditions que Breton et moi-même avons traitées mettent en évidence que Roger Delarche était au centre de dualités personnelles et professionnelles. Il était le point d'équilibre entre le restaurant et la brasserie, entre Marc Delarche et Paul Hermon, entre son épouse qui souhaitait un enfant et sa volonté de ne pas en avoir, entre son soutien politique à certains leaders départementaux et son refus de s'impliquer dans les débats locaux. Je pourrais multiplier ces exemples.

— Et alors ? s'interroge Freslaud. Votre raisonnement vous amène à quelle conclusion ?

— Personne n'avait intérêt à voir disparaître Delarche, mais tous en avaient un à le voir prendre une décision claire en leur faveur. Et en suivant cette logique, celui qui attendait le plus de Roger Delarche était son neveu. Les auditions prouvent que Mireille Delarche souhaitait son départ de la brasserie, certainement pour y placer son protégé, Paul Hermon. Si Mireille Delarche avait réussi à convaincre son mari de se séparer de Marc Delarche, ce dernier aurait également vu disparaître ses chances de devenir l'héritier unique du couple.

— Dans ce cas, Marc Delarche aurait éliminé Mireille et non Roger !

Le commissaire doute soudainement de la capacité d'analyse de Cordoba en qui il a placé toute sa confiance pour cette enquête criminelle. Ce dernier n'a pas dit son dernier mot et va plus loin dans sa proposition.

— Je suis d'accord avec vous, Commissaire. Alors, qui avait intérêt à éviter l'élimination de Mireille pour prendre le contrôle de l'ensemble des deux établissements et devenir le légataire universel de la veuve ?

— Vous voulez dire que Paul Hermon, sentant Mireille menacée par Marc Delarche, aurait décidé de supprimer Roger Delarche, ce qui lui permettait de se débarrasser en même temps du neveu ? On ne peut pas accuser une personne sur de simples suppositions, je veux que votre raisonnement puisse s'appuyer sur des faits, des témoignages, des aveux. N'allons pas tête baissée vers la mise en cause d'un individu sans être certain de sa culpabilité. Que proposez-vous ?

— Je souhaite perquisitionner la brasserie Chez Fernand et entendre la totalité du personnel en simultanée. Je souhaite mettre la pression sur Marc Delarche qui n'a pas été convaincant au cours de son audition. Cet homme en sait plus que ce qu'il nous dit.

Le patron valide cette initiative et demande à ses hommes de garder le silence sur le travail de l'équipe.

— Toutes les personnes mobilisiées sur cette affaire sont présentes autour de cette table. Je tiens à ce que personne d'autre, même au sein du commissariat, ne sache ce qui se dit ici. J'animerai très régulièrement des points de situation au cours desquels chacun fera part de ses avancées. Je n'accepterai aucune fuite vers l'extérieur.

Le message est précis et compris par tous. Preuve supplémentaire que Freslaud, voulant à tout prix terminer sa carrière sur un succès avec une belle affaire, craint d'être dessaisi de celle-ci par le Procureur de Toulon.

En sortant de cette réunion, Cordoba trouve un message de Jeff qui lui propose de passer au commissariat voir s'il y a du nouveau. Cordoba ne peut refuser même s'il ne sait pas encore ce qu'il pourrait lui communiquer comme information intéressante.

Les deux hommes se retrouvent pour la première fois seuls, en face à face, depuis l'arrivée de Jeff, l'occasion pour lui de demander des comptes sur la méthode utilisée pour l'attirer à Hyères. Le policier joue la sincérité et explique que c'est son patron qui a eu l'idée de cette forme de concurrence aboutissant à une collaboration inédite pour la bonne cause. Le reporter accepte cette version et revient sur le sujet qui les préoccupe.

— Comme je te l'avais dit, je suis allé Chez Fernand hier soir. Marc Delarche ne me semble pas très affecté par le meurtre de son oncle. Il discutait avec deux clients et leur racontait son passage au commissariat. Il a évoqué le fait que Roger Delarche aurait pu avoir affaire à certains individus peu recommandables. Tu peux m'en dire un peu plus sur cette piste ?

— C'est étonnant ce que tu me dis là parce que je l'ai reçu effectivement ces derniers jours et à nouveau ce matin mais il n'a jamais évoqué cette piste. Pire, je lui ai posé la question et il a botté en touche, me précisant qu'il n'osait même pas imaginer cela. Ce qui ressort de tout ce que nous avons pu recueillir jusqu'à présent, c'est que Roger Delarche ne se confiait que très rarement et gérait seul les deux établissements. Je ne vois pas qui, parmi ses proches, pourrait être capable de lui succéder.

— C'est peut-être là le sujet de la rencontre de cet après-midi entre la tante et le neveu ?

— Quelle rencontre ? Qui t'a donné cette info ?

— C'est Marc Delarche qui l'a dit hier soir à ses deux amis, clients du bar.

— Ce mec n'est pas clair du tout. Nous avons parlé de Mireille Delarche avec lui ce matin et il s'est bien gardé de m'indiquer qu'il la voyait cet après-midi. Il faut agir et vite !

— Tu crains un second cadavre ?

— Non, je crains que nous soyons face à une omerta. Je vais décider avec le patron de l'action que nous allons mener mais il faut que nous agissions rapidement afin de briser cette loi du silence.

Certain du respect de la parole donnée par Jeff quant à son accord sur l'échange d'informations sur cette affaire, Cordoba lui indique que Freslaud a exigé le secret absolu de la part des policiers. Il ajoute qu'aucun d'entre eux n'a été informé de l'accord de bonnes relations passé verbalement entre Freslaud, Jeff et lui. En raison de cela, il lui sera impossible d'obtenir des informations auprès de ses collègues.

Cette situation n'est pas pour déplaire à Jeff qui se trouve à présent dans une position privilégiée par rapport à ses confrères. Cet accord lui permet dès aujourd'hui de profiter de quelques indiscrétions que lui livre Cordoba avant qu'ils ne se séparent. La plus importante de ces indiscrétions concerne la préparation d'une descente de police à la brasserie. Jeff en sera informé au moment où les policiers entreront Chez Fernand.

Moins de vingt-quatre heures plus tard, alors qu'il effectue des recherches sur les activités passées de Marco et sur les différentes chambres d'hôtes proposées sur la presqu'île de Giens, son portable sonne et c'est le numéro de Cordoba qui s'affiche.

— Salut Jeff, nous sommes à la brasserie. Tu peux venir mais pas de photo, ni de son. Tu viens en simple client.

— OK, je suis sur place dans une dizaine de minutes.

À cette heure de la journée et à cette saison, il y a peu de circulation sur le boulevard de la Marine. Jeff arrive rapidement au port par l'avenue Stephen Liegeard ou des places de stationnement sont libres, à une centaine de mètres de Chez Fernand.

Freslaud a décidé de frapper fort. Plusieurs véhicules de police sont présents devant la base nautique municipale et à l'entrée de l'avenue du Docteur Robin, sur le quai principal. À l'intérieur de la brasserie, les enquêteurs sont en train de perquisitionner. Le bar, le tabac, la salle de restaurant, les cuisines, les réserves et le bureau de Marc Delarche sont visités. Seul le bar-tabac reste accessible à la clientèle. Jeff reste un peu à l'écart parmi les badauds. Il en profite pour tendre l'oreille et prendre part aux discussions.

— Je me doutais que le jeune était dans le coup, confie un plaisancier habitué des lieux. Ces derniers temps, il y avait de la tension entre lui et son patron.

— Vous connaissiez l'homme qui a été tué ? demande Jeff sur un ton de curiosité, totalement désintéressé.

— Oui, il venait parfois. Il s'asseyait à la table là-bas, près des vitres et il discutait avec le jeune. J'imagine qu'il devait surveiller la caisse.

— C'est terrible de finir comme ça, renchérit son ami qui ajoute avoir croisé quelquefois Roger Delarche.

Jeff comprend que ces deux hommes avaient prévu de partager un verre au bar et qu'ils attendent le départ des policiers pour entrer. Le journaliste s'incruste.

— Moi qui avais envie d'un bon café, je crois que c'est mort, et il n'y a rien d'autre d'ouvert.

— Oh, attendez cinq minutes, je vais aller demander à Clarisse qui est au tabac si nous pouvons entrer ou pas.

Pendant que le vieux loup de mer s'absente pour aller poser la question, Jeff joue le touriste qui débarque et demande innocemment comment cet homme a été tué.

— Il a été retrouvé assassiné, dans le coffre de sa voiture abandonnée près du Magic World. Il paraît que la police pensait que c'était la mafia mais finalement ça semble être le jeune. On va certainement le voir sortir tout à l'heure avec les menottes. Salopard, s'attaquer à un homme qui, selon ce que l'on m'a dit, lui avait acheté ce restaurant, c'est dégueulasse.

Cet homme n'est que le porte-parole de la rumeur. Jeff décide néanmoins de poursuivre la discussion avec lui en attendant le retour de son ami. Ce n'est que de courte durée puisque les policiers quittent à présent l'établissement et le loup de mer indique qu'il est possible d'entrer consommer un verre. Jeff ne se fait pas prier pour se joindre à ces deux compères.

La descente de police a provoqué la stupeur du personnel et la colère de Marc Delarche qui se confie à la cantonade.

— C'est une honte ! Les flics se sont conduits comme des cowboys en fouillant pièce par pièce, vidant les tiroirs et placards de mon bureau. Ils sont repartis avec un carton plein de mes documents administratifs, l'agenda avec les réservations, les pièces comptables, le registre du personnel et des courriers personnels. C'est lamentable. Je viens de perdre mon oncle, je risque de perdre mon emploi et je me sens accusé de ce meurtre.

Les deux amis qui venaient de dire le plus grand mal de Marco se montrent d'une grande compassion à son égard et n'hésitent pas à lui apporter leur soutien, l'assurant de leur certitude concernant son innocence.

Jeff essaie d'être le plus discret possible. Il ne pose aucune question, n'ajoute aucun commentaire. Marc Delarche quitte la brasserie, compose un numéro sur son portable et marche en direction de la digue qui entoure le bassin principal. Il va même jusqu'au phare tout en agitant nerveusement la main. La discussion dure une bonne dizaine de minutes. Au moment où il le voit revenir vers la brasserie, Jeff règle sa consommation, salue les deux plaisanciers à la table desquels il avait pris place et quitte les lieux.

Évidemment, il ne résiste pas longtemps avant d'appeler Cordoba. Un point-presse s'impose, Jeff ne peut garder sous silence la perquisition menée Chez Fernand. Lui-même est à présent confronté à un dilemme, soit il garde précieusement les informations dont il dispose en attendant de sortir un meilleur papier, soit il balance des dépêches dès maintenant aux agences et aux quotidiens nationaux mais il prend le risque d'attirer ses concurrents.

Tout va dépendre de ce que va lui raconter Cordoba.

LA BADINE

Jeff choisit de publier ce qu'il connaît de l'affaire Delarche. Il contacte les médias nationaux à qui il propose un premier papier assez complet mais qui en appellera d'autres, en fonction de l'avancement de l'enquête.

Une chaîne de télévision de diffusion d'informations en continu, deux quotidiens et un hebdomadaire de presse écrite sont intéressés. Il sait que les journaux, radios et chaînes de télévision qui disposent de journalistes basés à Nice, Toulon et Marseille couvriront cette affaire dès qu'ils en auront eu connaissance. Il va devoir garder une longueur d'avance s'il veut rentabiliser son séjour à Hyères. Finalement, le deal passé avec Freslaud et Cordoba est une bonne chose même si certains confrères ne l'apprécieraient que très moyennement.

Jeff se console en relisant la *Charte d'éthique professionnelle des journalistes*, révisée en 2011, qui précise que le journaliste titulaire d'une carte de presse doit proscrire « tout moyen déloyal et vénal pour obtenir une information ». En dehors de cette seule restriction, la version 2011 de la charte rédigée par le Syndicat National des Journalistes assure au reporter la protection de toutes ses sources d'information. La notion de moyen déloyal fait référence au vol ou à l'achat d'informations, alors que la version de 1938 interdisait d'invoquer un titre ou une qualité imaginaire, d'user de moyens déloyaux. Jeff ne culpabilise plus du tout lorsqu'il se présente sous une fausse qualité afin d'obtenir des indiscrétions. C'est en parfaite connaissance de cette profonde modification du texte régissant la profession de journaliste que Freslaud a proposé cet accord privé à Jeff.

Le respect de cet accord impose à Cordoba de recevoir le journaliste freelance avant la presse locale et régionale, ce qu'il accepte sans difficulté. Le policier revient sur la perquisition à la brasserie.

— Sur place, nous avons saisi tous les documents administratifs et comptables, nous avons perquisitionné pour vérifier s'il n'existait pas d'éléments matériels en lien avec la disparition de M. Delarche. Le personnel présent a été entendu et nous nous réservons la possibilité de convoquer les salariés absents lors de notre action. À ce jour, les auditions n'ont pas permis de mettre en cause une personne et l'expertise des pièces saisies demandera plusieurs jours.

— Pourquoi avoir mené cette opération qui pour l'instant ne donne rien ? Pour faire pression sur Marc Delarche ?

— Non, pas du tout. Il s'agit de ne négliger aucun élément qui pourrait nous conduire vers la résolution de cette affaire.

— Avez-vous du nouveau par rapport à notre dernier point ?

— Il est encore trop tôt pour l'évoquer publiquement, mais oui, il y a du nouveau et nous allons approfondir une piste qui nous semble correspondre aux éléments concrets que nous réunissons.

— Devant mes confrères, est-ce que tu as déjà évoqué les relations très tendues entre la veuve et le neveu ? Je suis impatient de savoir si leur rencontre au restaurant Les Trois Marches leur a permis de trouver un accord pour l'avenir de la brasserie et le partage de l'héritage attendu par Marco.

— Nous n'avons enregistré aucune information sur cette rencontre, donc, le commissariat ne peut l'évoquer devant la presse.

— Si je comprends bien, vous attendez que je publie des infos pour demander des explications à ce sujet à Mireille et Marc Delarche. Alors, tu pourras demander au neveu à qui il téléphonait une fois que vous avez quitté les lieux après la perquisition. Il était très remonté contre vous et j'ai bien l'impression qu'il demandait conseil à un avocat pour connaître ses droits ou, pour préparer sa défense.

— Il téléphone à qui il veut ce garçon ! Si nous devons l'entendre à nouveau, nous l'entendrons.

Jeff quitte le commissariat avec l'impression d'avoir perdu son temps. Avant de rentrer au Ceinturon, il s'attarde en centre-ville. La terrasse de L'île de Beauté lui tend les bras. Il y a des jeunes, des moins jeunes et l'ambiance conviviale de ce bar de l'avenue Gambetta l'incite à s'y asseoir quelques minutes, le temps de la réflexion, devant une bonne mousse. Il est tenté d'aller rue Brest, saluer ses confrères de *Var Matin* qui s'étaient montrés très sympas avec lui lorsqu'il avait couvert l'Affaire Natacha. Finalement, il renonce à cette idée qui l'obligerait à collaborer avec eux, ce qu'il ne souhaite pas aujourd'hui.

L'information concernant la conversation téléphonique de Marc Delarche à l'issue de la perquisition n'est pas tombée dans l'oreille d'un sourd. Sans en remercier Jeff, Cordoba demande la réquisition du détail des communications et des messages de Marco. Sa demande sera satisfaite dans les prochains jours.

De retour dans sa chambre d'hôtel, Jeff rédige un premier papier pour ses clients. Souffrant d'un manque d'éléments fiables sur l'enquête, il tire à la ligne sur le profil de Roger Delarche, tente un angle sur ses sympathies avec plusieurs personnalités départementales et ne peut s'empêcher de glisser qu'il avait été inquiété à la suite d'une bagarre entre colleurs d'affiches. Le rédacteur expérimenté qu'il est a su transformer un fait divers local en une info nationale. Il sait que ses prochains papiers devront être beaucoup plus riches et décide d'aller chercher du côté de La Badine et de Giens, là ou Marc Delarche a exercé différentes activités professionnelles avec peu de succès.

Le lendemain, le journaliste se transforme en un randonneur. Il est bien décidé à percer le secret Marc Delarche en parcourant les rues des quartiers qu'il a fréquentés dans ses vies antérieures à son arrivée à la tête de la brasserie.

Sur la route qui mène à la Tour Fondue, lieu d'embarquement à destination de l'île de Porquerolles, Jeff s'accorde une première halte à La Capte. La rue des Marchands porte bien son nom puisqu'en dehors de la pleine saison estivale, de nombreux commerces restent ouverts. Au bout de cette rue, avant d'atteindre la plage, il se stationne à l'entrée de l'avenue de la Pinède où il achète *Var Matin* à la Librairie de la Capte. La terrasse du café voisin lui permet de parcourir le journal tout en prenant un petit déjeuner généreusement servi.

Rien sur l'affaire Delarche dans l'édition du jour.

Le silence de la presse locale et régionale l'étonne. Il se souvient qu'à l'occasion d'un précédent reportage dans la région, il lui avait fallu bousculer un peu ses confrères varois pour les encourager à le soutenir dans sa volonté d'obtenir des informations auprès des autorités policières et judiciaires de Toulon. Une nouvelle fois, ces mêmes confrères attendent-ils sagement les informations données au compte goutte, ou la personnalité de la victime les empêche-t-elle de multiplier les papiers ?

Il essaie d'en savoir un peu plus en adressant la parole à ses voisins de table en terrasse. L'amabilité avec ces personnes ne paie pas. Sa tentative de discussion avec le personnel et les autres clients du café ne lui apporte aucun renseignement supplémentaire. Ici, on connaît la brasserie Chez Fernand mais ni son responsable, ni son propriétaire, et l'affaire, si elle a fait grand bruit, n'a pas été commentée. Sa halte a néanmoins été bénéfique puisqu'on lui a évité de confondre la plage de la Bergerie et de la Badine et on lui a indiqué où stationner à Giens pour se trouver au plus près des chambres d'hôtes qu'il cherche.

Sur la route de Giens, il décide néanmoins de s'arrêter à la Bergerie, juste après le camping Campéole. Il a remarqué les panneaux publicitaires indiquant la présence de locations de canoës, de planches à voile, de paddles et de kitesurfs.

Convaincu que parmi ces professionnels, il va en croiser un capable de lui parler de Marco, il descend de voiture et arpente les petites rues jusqu'à la plage. Décidément, cette journée est synonyme de fiasco. Il croise peu de personnes et ne trouve aucune opportunité pour engager la conversation. Sans tarder, il se rend à la Badine où il trouve la boutique autrefois tenue par Marc

Delarche et où il se rend en se présentant comme un commercial cherchant à reprendre contact avec le responsable du lieu. On ne peut pas dire que le neveu y a laissé un bon souvenir. Les qualificatifs utilisés pour le décrire ne valorisent pas son image. Un de ses anciens employés ne se gêne pas pour le critiquer violemment.

— Marco, c'est tout de la gueule ! Il promet toujours et ne tient jamais parole. Il n'y a qu'un truc qui l'intéresse, l'argent ! Combien d'heures supplémentaires nous a-t-il demandées et qui n'ont jamais été payées ? C'est dommage parce que ça tournait bien et puis il a pris la grosse tête et il a voulu voir plus grand. Il a acheté de nouveaux bateaux, il a proposé des randos, des initiations, des sorties en mer … mais toujours avec le même nombre de clients, donc, il n'a jamais pu payer nos heures, ni rembourser les crédits qu'il s'était mis sur le dos.

— Et vous savez ce qu'il est devenu après avoir revendu ici ?

— Pendant un temps, il était à Giens où il avait transformé une grande maison en chambres d'hôtes, mais ça n'a pas marché non plus. Aujourd'hui, il paraît qu'il tient un bar sur le port d'Hyères. Ce n'est pas avec lui que vous allez gagner votre vie.

Jeff doute de la sincérité de la réponse de cet homme. Est-il si peu intéressé par la vie de la presqu'île qu'il n'a jamais entendu parler du cadavre retrouvé près du Magic World ? Le nom de Delarche a été publié à la Une des journaux, comment pourrait-il ignorer le lien entre son ancien patron et la victime de ce meurtre ?

Décidément, les varois sont peu bavards face à la curiosité que suscite cet assassinat auprès de certaines personnes venues d'ailleurs !

GIENS

En remontant en voiture le boulevard Edouard Herriot, en direction de la place Saint-Pierre de Giens, Jeff est impressionné par la taille de l'hôpital Renée Sabran. Son parc de plusieurs dizaines d'hectares surplombe la mer et offre une vue imprenable sur Porquerolles. Il en oublie d'observer les panneaux signalant les chambres d'hôtes sur le côté droit de la route sinueuse. Au sommet de ce boulevard, il trouve une place juste devant le panorama. Si cette affaire ne lui tenait pas tant à cœur, il choisirait l'un des bancs installés face à la Méditerranée et apprécierait de se reposer là, à admirer les Îles d'Or. Mais l'heure n'est ni au repos, ni à la contemplation ! Il lui faut retrouver cette foutue maison où Marc Delarche avait aménagé des chambres d'hôtes. Cet homme est trop énigmatique pour ne pas cacher un mystère.

Contrairement à son homonyme de Rome, la place Saint-Pierre de Giens ressemble à une rue classique bordée de chaque côté par une succession de maisons bourgeoises et de commerces. Ici, on ne considère pas la presqu'île comme un quartier d'Hyères, mais bel et bien comme un village. Les habitants sont Arbanais avant d'être Hyérois. À peine a-t-il franchi le seuil du premier commerce que cette impression est palpable. La patronne soupçonne que la curiosité de son client de passage n'est pas totalement désintéressée.

— Vous cherchez quoi exactement ? Ça m'est déjà arrivé qu'on me demande si je connaissais quelqu'un qui louait une chambre d'hôte dans le quartier... Mais c'est bien la première fois qu'on m'en demande une qui serait tenue par un monsieur qui possédait un commerce de location de bateaux à la Badine. Vous êtes qui ?

Jeff n'aime pas du tout se trouver dans cette situation très inconfortable. Il tente de reprendre la main.

— Ce monsieur m'avait vanté le charme de sa maison lorsque j'avais loué du matériel chez lui, il y a quatre ou cinq ans alors, étant de passage aujourd'hui à Giens, j'aimerais trouver cette maison, et éventuellement réserver pour les prochaines vacances.

— Il y a plein de chambres et de gîtes à louer ici. Il faut vous y prendre à l'avance parce que, compte tenu de la beauté de notre village et de sa proximité avec l'embarcadère, les locations de vacances sont très demandées.

— Vous avez raison, je vais aller me promener dans le quartier et me laisser surprendre par le charme des ruelles.

— Passez par la vieille rue de Giens, vous allez trouver ce que nous appelons notre « bibliorue », c'est une bibliothèque à ciel ouvert qui fonctionne sur l'échange de livres entre Arbanais. Dans cette rue, il y a des artisans d'art et de belles maisons d'artistes. Certains louent des chambres et des gîtes en saison. Vous avez aussi un peu plus loin, juste après le château de Giens, des résidences dans de belles propriétés anciennes.

— Je vous remercie pour toutes ces précieuses informations et pour les indications touristiques. Vraiment, vous me donnez envie de venir passer mes vacances ici !

Ces quelques mots ne reflètent pas du tout le réel état d'esprit du journaliste qui se rend compte que la tâche est énorme. Giens est plus étendu qu'il pensait. Les rues sont longues et se caractérisent par des dénivelés tout aussi importants. Ce n'est pas en se promenant qu'il trouvera la trace de Marc Delarche. Il entre dans un autre commerce et investit dans un deuxième exemplaire de l'édition du jour de *Var Matin.* Une nouvelle fois, il tente d'engager la discussion avec ce commerçant à propos de l'affaire Delarche. Cette fois-ci, son essai est concluant.

— Je connaissais un Delarche qui habitait votre quartier et qui organisait des balades sur la presqu'île. J'espère que ce n'est pas son père ou un de ses proches qui a été tué. Ils en ont parlé dans le journal ces derniers jours et depuis, plus rien, on ne sait pas ce que ça devient.

Derrière sa moustache brune et ses épaisses lunettes, le commerçant lui offre ce qu'il est venu chercher.

— Si vous parlez de Marc Delarche, je vous confirme que l'homme qui a été tué est bien de sa famille. C'est son oncle.

— Oui c'est de Marc dont je parle. Il tenait un commerce à La Badine !

— Exactement ! Mais ça n'a pas marché son truc. Il habitait un peu plus loin en descendant vers le port du Niel. Un chic garçon qui n'a pas eu de chance dans ce qu'il a entrepris. Nous étions contents pour lui quand on a vu qu'il réussissait sur le port. À nouveau, il va encore tout perdre, parce que le resto n'est pas à lui, il appartenait à celui qui a été tué.

— Il n'habite plus ici ?

— Il a revendu sa grande maison et il a acheté un ancien cabanon du côté de la Madrague mais je ne sais pas où exactement. On ne l'a pas vu depuis très longtemps. De temps en temps, Julie, qui s'occupait de ses chambres d'hôtes, passe faire ses courses ici mais je ne sais même pas s'ils sont toujours en contact. Elle court toujours d'une location à une autre.

— Toutes ces locations saisonnières, je me doute que ça doit employer pas mal de monde en été non ? Est-ce que cette personne, dont vous me parlez, pourrait éventuellement m'en recommander ?

— Oh oui, je pense ! Je n'ai pas son contact mais si

vous repassez d'ici une heure ou deux, ma femme sera rentrée et elle pourra vous indiquer de bonnes adresses. Ma famille s'est installée à Giens il y a près de deux siècles, ce qui est le cas de la plupart des Arbanais. Nous nous connaissons tous, alors, nous nous rendons service réciproquement. Il faut que la presqu'île conserve, aussi longtemps que nous le pourrons, sa qualité de vie et la convivialité qui y règne, même en pleine saison.

Une chose est certaine, les habitants de ce petit coin de paradis savent le valoriser. Jeff décide de poursuivre sa visite de Giens, uniquement pour le plaisir, parce que, selon lui, il n'a rien trouvé d'exploitable.

Les différentes informations dont il a eu connaissance depuis le début de matinée lui semblent insignifiantes, et pourtant...

De son côté, Cordoba avance à grands pas. Le numéro composé par Marc Delarche à l'issue de la perquisition à la brasserie a été identifié, c'est celui de Jean-René, le chef cuisinier des Trois Marches.

CAMILLE

Freslaud est ravi d'apprendre que c'est l'indiscrétion de Jeff qui a permis à Cordoba d'établir les liens entre Marco et le chef-cuisinier.

— Alors Cordoba ? Combien de temps et combien d'expertises nous aurait-il fallu avant de découvrir que ces deux-là étaient en contact ? Je savais que la curiosité et la perspicacité de votre ami journaliste allaient être complémentaires à nos moyens d'enquête. Vous allez me convoquer tout ce monde-là et tirer les choses au clair. On se rapproche du dénouement.

— Marc Delarche m'avait indiqué qu'il lui était arrivé de contacter Jean-René, le cuisinier des Trois Marches, pour des besoins professionnels et de prendre un verre avec lui au Pont-du-Var ou au port. En revanche, le cuisinier m'a déclaré, au cours de son audition, que ce n'est que lorsque leurs patrons les réunissaient qu'il rencontrait Marc Delarche. C'est assez étonnant qu'il soit la première personne à qui Delarche a téléphoné après la perquisition.

— Peut-être souhaitait-il savoir si la même opération avait été menée aux Trois Marches, et comme ses relations sont mauvaises avec sa tante, et par extension, avec Hermon, il a préféré contacter le cuisinier. Tout ça ne me paraît pas déconnant !

— Pour moi, ce Marco n'est pas clair. Je le sens depuis le début. Accepteriez-vous que nous sollicitions son placement sur écoute téléphonique ?

— Il faut justifier une telle demande. Le Parquet va me demander de prouver sa nécessité pour les besoins de l'enquête. Rédigez-moi une note avec un relevé d'indices qui déciderait le Parquet à nous accorder ce moyen.

— Depuis le début de l'enquête, ce type nous mène en bateau. L'après-midi même de l'une de ses auditions, il avait rendez-vous avec Mireille Delarche. Il ne me l'a pas indiqué. Il a évoqué la piste du racket de son oncle avec des clients, alors qu'il ne m'en a jamais parlé avant que je lui pose la question. Et aujourd'hui, on découvre qu'il appelle directement le cuisinier du restaurant après la perquisition.

— Vous me dites que Mireille et Marc Delarche se sont rencontrés. Comment l'avez-vous su ? Elle non plus ne vous l'a pas dit.

— C'est Jeff qui l'a entendu le dire à des clients du bar. Selon lui, il craignait que Mireille Delarche lui annonce qu'elle souhaitait vendre la brasserie.

— Vous allez me convoquer ce cuisinier et sa patronne, je veux savoir ce qu'ils ont dans la tête. Et pendant qu'ils seront là, nous perquisitionnerons le restaurant. Vous en profiterez pour réentendre le personnel du restaurant. Je veux savoir si les disputes entre Monsieur et Madame devenaient plus fréquentes.

Freslaud demande qu'on lui apporte la totalité du dossier d'enquête. Il souhaite lire une à une les auditions, reprendre l'historique des constations et étudier tous les résultats d'expertises. Il est convaincu qu'un lien existe entre tous ces éléments et qu'il devient nécessaire de prendre un peu de recul pour le trouver. Si les soupçons de Cordoba se portent essentiellement sur Marc Delarche, lui commence à s'intéresser à Mireille. Cordoba, qui a une confiance absolue dans le professionnalisme de son patron, commence à douter de l'analyse qu'il avait jusqu'à présent.

— J'ai du mal à suivre, Commissaire. Vous pensez que Marc Delarche n'est pas la bonne piste ? Et que si cet assassinat a été commis par un proche de Roger, c'est du côté du restaurant qu'il faut en chercher l'auteur ?

Le commissaire est un vieux routier des enquêtes criminelles et il ne partage jamais ses impressions avec ses collaborateurs. Il observe à distance et demande que l'on approfondisse tel ou tel point mais sans jamais en expliquer la raison, ni l'objectif. Cordoba n'obtiendra donc aucune réponse à ses questions.

En moins de deux jours, Freslaud a obtenu le placement sur écoute de Marco. Cordoba est persuadé que le mystère qui entoure le crime va être rapidement dissipé. Le moment est maintenant venu de frapper fort en convoquant Mireille Delarche, Paul Hermon et le cuisinier, tout en perquisitionnant au Pont-du-Var en simultanée.

Cette convocation déplaît fortement à la veuve qui s'indigne de celle-ci dès son arrivée au commissariat d'Hyères. Elle ignore qu'au même moment, des policiers sont aux Trois Marches, en train de procéder à l'audition du personnel resté au restaurant.

Les questions, préparées par Freslaud et Cordoba, portent sur l'ambiance au sein du couple, les relations entre Mireille, Marc, Paul, Jean-René et Roger, et sur l'éventualité d'événements troublants qui auraient pu attirer l'attention de certains au cours des semaines précédant la mort du restaurateur.

Camille, la jeune réceptionniste, est de loin la plus bavarde. Elle parle de tensions entre Monsieur Paul et le chef-cuisinier. Elle évoque l'existence d'un portable que Roger Delarche aurait oublié un jour au restaurant, ce qui avait semblé lui poser un grave problème.

— J'ai proposé de faire sonner ce portable en l'appelant mais il a refusé parce que, selon lui, il était toujours sur silencieux, et que ça n'aurait donc servi à rien. J'ai insisté en lui disant que le vibreur allait permettre de trouver cet appareil, et il m'a dit de m'occuper de ce qui me regardait. C'était tellement rare que Monsieur s'emporte que j'ai gardé en mémoire cet incident.

Concernant les contacts que Roger Delarche aurait pu avoir avec certaines personnes inhabituelles, Camille confie aux enquêteurs qu'il n'était pas rare que Monsieur reçoive des hommes habillés comme des musiciens d'un orchestre de musique classique.

— Dans les jours qui ont précédé la mort de Monsieur, ils sont venus à deux reprises. Ces gens sont arrivés en fin d'après-midi, l'un deux portait une malette en cuir. Monsieur les a reçus dans son bureau en me demandant de ne pas le déranger. Comme je quitte à 19h00, je ne peux pas dire combien de temps ils sont restés.

Camille confie aux enquêteurs qu'elle en avait parlé à sa patronne le lendemain de leur première visite mais elle lui avait répondu en souriant que son mari n'était pas musicien et que ces personnes étaient de bons amis.

Pendant ce temps, à Hyères, les enquêteurs n'obtiennent rien de concret. Paul Hermon s'est déclaré lassé par toute cette affaire et vient de décider de garder le silence devant les policiers. Jean-René a lui aussi montré un certain agacement face aux questions de Breton qui est chargé de son audition.

— Pourquoi nous soupçonner d'un crime qui nous attriste tant, et va nous condamner à perdre nos emplois ? Vos questions sont des accusations ! déclare le cuisinier qui est lui aussi à deux doigts de garder le silence.

Breton lui explique que Marc Delarche est dans le même cas et s'est montré plus coopératif, souhaitant que l'enquête aboutisse à l'arrestation des criminels qui ont assassiné son oncle. Ce commentaire ne manque pas de susciter une nouvelle réaction de Jean-René.

— Nous aussi nous aimerions que votre enquête aboutisse et que vous arrêtiez de nous convoquer toutes les cinq minutes pour nous demander de vous aider à trouver les auteurs de ce crime alors que c'est votre boulot !

Face à Cordoba, Mireille Delarche reste digne en évoquant la perquisition à la brasserie sur le port.

— Vous avez eu raison d'approfondir vos recherches de ce côté. J'ai reçu le neveu de mon mari ces derniers jours et je lui ai indiqué mes intentions concernant son avenir à la tête de Chez Fernand. Je ne peux plus accorder ma confiance à une personne que la police soupçonne de l'assassinat de mon mari.

— Marc Delarche a été entendu au même titre que vous l'êtes actuellement. Nous avons perquisitionné la brasserie afin de creuser toutes les pistes possibles. N'accusez pas trop vite votre neveu, à cette heure, il n'y a rien de retenu contre lui. Il s'agit de simples procédures qui seront également menées aux Trois Marches à l'issue de vos auditions.

— Quoi ? Vous allez venir perquisitionner chez moi ? C'est une honte ! Comment pouvez-vous imaginer que je sois mêlée de près ou de loin au meurtre de Roger.

— Ne vous mettez pas en colère, madame. Si notre enquête judiciaire aboutissait à l'identification de l'un de vos proches, de vos clients ou de vos concurrents, vous seriez bien soulagée que l'on vous débarrasse de cette crapule. Notre travail n'est en rien une accusation contre vous, nous redoutons que votre mari ait été tué par une organisation criminelle. Dans ce cas, vous ou votre neveu seriez leur prochaine victime.

Cette explication ne convainc pas Mireille Delarche qui s'agite, manipule nerveusement les poignets de son sac à main et mordille ses lèvres nerveusement. Cordoba la fixe silencieusement, son expérience lui laisse imaginer qu'elle va parler, ce qui ne manque pas d'arriver.

— Quelques jours avant le décès de Roger, nous avons eu une violente dispute à propos de la brasserie. Je l'ai menacé de le quitter et de demander le divorce s'il ne me déposait pas les comptes de la brasserie, toutes les pièces comptables et administratives. Il a refusé. Je sais que cet établissement est très mal géré par cet incapable de Marc. J'ai demandé à Paul d'aller voir Marc à Hyères pour demander ces documents et de revenir avec tout ce que j'exigeais. Mon mari et son neveu ont reproché à Paul de s'immiscer dans des histoires de famille qui ne le regardaient pas. Il est rentré profondément choqué après avoir été humilié de la sorte par Roger.

Mireille Delarche arrête net son récit. Cordoba ne pose aucune question. Elle le regarde et semble apaisée avant de conclure sa déclaration.

— C'est triste !

— Et ? tente Cordoba.

— Et quoi ?

— Quelle a été la réaction de Paul après avoir été humilié de la sorte ?

— Il voulait présenter sa démission à Roger, mais je l'en ai empêché. Lorsque mon mari est rentré à son tour, il m'a promis qu'il allait prendre des décisions importantes concernant la brasserie et son neveu. Il n'a pas eu le temps de les prendre, il a été tué avant.

JULIE

Jeff n'a pas été mis dans la confidence de ces auditions et ne sera pas prévenu de la perquisition aux Trois Marches. De son côté, il progresse à sa manière. Grâce au couple de commerçants de la place Saint-Pierre de Giens, il a pris contact avec Julie, la jeune femme qui gère différentes chambres d'hôtes sur la presqu'île, dont celles que possédait Marc Delarche. Elle lui a proposé de le rencontrer à la terrasse du restaurant situé juste en face du petit port de la Madrague. Elle n'a pas beaucoup de temps à lui accorder parce qu'elle doit remettre un gîte en état avant d'accueillir une famille anglaise.

Jeff découvre ce côté de la presqu'île qu'il n'a jamais visité. La vue est magnifique et le port de la Madrague possède un charme particulier. Il prend quelques photos qu'il envoie à son amie Marie, accompagnées de cette promesse : « C'est ici que nous passerons de belles journées de vacances ! Bisous ».

Julie arrive à l'heure fixée. C'est une jolie femme brune, d'une petite quarantaine d'années, visiblement très connue à la Madrague, à en croire les salutations amicales qu'elle reçoit en entrant dans le café-restaurant. L'expression de son visage, sa tenue vestimentaire, sa façon de se déplacer, puis de prendre place à une table, démontrent beaucoup d'aisance et de dynamisme. La poignée de main est énergique et le sourire légèrement commercial. Jeff comprend que cette jeune femme ne se contente pas d'ouvrir et de fermer les locations dont elle s'occupe pour différents propriétaires, elle les gère. Il en a la confirmation lorsqu'elle pose un livre de réservations devant elle, sort un stylo de son sac, avant d'entrer dans le vif du sujet.

— Vous êtes à la recherche d'une location pour cet été ou plutôt en dehors des périodes de congés scolaires ?

— Je recherche un gîte en particulier. Il y a quelques années, un commerçant de la plage de La Badine m'avait présenté le sien qui m'avait beaucoup plu mais je suis incapable de le retrouver. De passage à Hyères pour mon boulot, je me suis arrêté à sa boutique mais il n'est plus là, il a vendu. Les personnes qui m'ont communiqué votre nom m'ont dit que vous vous occupiez de ce gîte et que vous pourriez m'en trouver un autre similaire si celui-ci s'avérait occupé aux dates pendant lesquelles nous pourrions venir.

— Oui, aucun problème. Vous seriez combien de personnes et quel style de séjour apprécieriez-vous ? Plutôt repos, plage et bronzage ou au contraire, sport, randonnées et animations ?

— Nous sommes plutôt repos et recherchons en priorité un cadre magnifique. On ne peut trouver mieux qu'ici, sur la presqu'île, face à Porquerolles. Pourrais-je visiter ceux que vous proposez à la location ?

— Je suis désolée mais, en ce moment, avec l'ouverture de la saison qui approche, je ne vais pas avoir le temps. Puis-je vous poser une question indiscrète ?

— Je vous en prie !

— Pourquoi voulez-vous louer la propriété de ce commerçant qui a quitté la Badine depuis longtemps, et qui n'a plus de gîte sur la presqu'île ?

Jeff ressent une très grande prudence, presque de la méfiance de la part de Julie qui, contrairement à l'ancien salarié de Marco, établit le lien entre l'intérêt trop précis de ce futur client et l'affaire Delarche. Le journaliste doit redoubler de vigilance.

— Je ne pensais pas qu'il y avait autant de locations disponibles et je me souvenais de la gentillesse de ce monsieur.

— Il a complètement changé de métier. Désormais, il tient un très beau restaurant sur le port d'Hyères, mais ce n'est pas le moment de lui rendre visite, il vient de perdre son oncle qui en était le propriétaire.

Jeff tente de jouer la surprise mais il est frappé par le voile humide qui vient de recouvrir les yeux de la jeune femme. Serait-elle de famille avec les Delarche ? A-t-il évoqué un sujet trop sensible pour elle ?

— Je vous sens troublée par cette disparition, je suis désolé d'avoir évoqué cette personne.

— Le commerçant que vous citez est l'un de mes meilleurs amis, nous sommes voisins, et je connaissais très bien son oncle. À mon tour d'être désolée, mais je vais devoir vous quitter. Je vous laisse ma carte sur laquelle se trouve l'adresse internet des locations de particuliers à particuliers pour la presqu'île de Giens. Vous allez y trouver ce que vous cherchez et peut-être aurons-nous l'occasion de nous revoir si vous réservez un séjour prochainement.

Julie salue poliment Jeff, adresse un petit signe de la main au patron, et sort du café pour rejoindre son véhicule. Le journaliste est perturbé par ce départ soudain. Au moment de payer les consommations, il ne tarde pas à en connaître la raison. Le patron a remarqué l'étonnement sur le visage de son client.

— Ne lui en voulez pas, elle a beaucoup de mal à accepter le décès de Roger.

— C'est l'oncle de son ami ?

— On peut dire ça comme ça ! Pour elle, c'était beaucoup plus que l'oncle de son ami. Et c'est surtout que mon ami Roger n'est pas décédé naturellement, il a été assassiné il y a une dizaine de jours, et elle n'a évidemment pas pu aller se recueillir devant sa dépouille. C'est une chic fille, j'ai beaucoup de peine pour elle parce qu'elle doit souffrir énormément.

— Je m'en veux d'avoir été aussi maladroit. Elle m'a dit qu'elle était la voisine de son ami mais je n'avais pas senti qu'elle avait une relation plus proche avec la personne décédée.

— Je connais la famille Delarche depuis des décennies. J'ai bien connu Roger et son frère, le père de Marc. Nous étions pratiquement du même âge. Gamins, nous arpentions tous les chemins de la presqu'île. Adolescents, nous partagions nos premières expériences de petits hommes. Devenus adultes, nous avons tenu tous les trois des bars-restaurants. Roger avait une grande confiance en moi alors il ne m'a pas caché sa relation avec Julie. Régulièrement, il venait la retrouver et je les voyais, amoureux comme des jeunes premiers, je crois même qu'il l'aidait financièrement. C'est terrible parce que, selon des clients qui connaissent des policiers, Marc serait soupçonné d'avoir monté le coup contre Roger car il voulait le virer de Chez Fernand. Moi, ça m'étonne parce que c'est un gars hyper gentil comme l'étaient son père et son oncle. Toujours est-il que Marc et Julie sont tristes et inquiets parce que la suite s'annonce très critique pour l'un et pour l'autre.

— Ce monsieur Roger était marié. Sa femme risquait-elle d'avoir découvert cette liaison ?

— Ici, c'était un secret de Polichinelle. Roger venait parfois déjeuner avec elle en terrasse, puis ils passaient l'après-midi ensemble, chez elle ou sur la pointe de la presqu'île, du côté de la plage de l'Aygade. Ils aimaient aller randonner sur les falaises d'où l'on a un joli point de vue sur l'île Longue.

— Et vous pensez que cette relation amoureuse pourrait être à l'origine de son assassinat ?

— Je n'en sais rien, Roger était très secret et j'imagine qu'avec la complicité de Marc, il a protégé sa relation. Certains disent que le jeune, apprenant qu'il allait perdre sa place au restaurant, aurait alerté la femme de Roger qu'il la trompait avec une fille d'ici ! Mais dans ce cas-là, pourquoi inquiéter Marc et non la femme de Roger ? Vraiment, je n'en sais rien et je ne peux rien dire.

Jeff tient son scoop et va le négocier chèrement.

Sur le chemin du retour à sa chambre d'hôtel, il réfléchit au meilleur usage possible de toutes les informations glanées en quelques heures.

SÉBASTIEN

Il est temps que Jeff se dévoile et signe un premier article avant d'aller enquêter ouvertement sur le terrain. Trop d'informations desservent Marc Delarche et pourtant, l'expérience de Jeff l'amènent à penser que celui-là avait trop à perdre pour avoir eu l'idée d'éliminer son oncle. Et si finalement, la veuve n'était pas si triste que cela ? Si, auprès d'elle, un autre que Marc avait eu tout intérêt à voir disparaître le restaurateur ? Autant de questions auxquelles il lui est impossible de répondre et qui s'ajoutent aux pistes du différend professionnel, du racket, du vol d'objets contenus dans son coffre, ou d'un crime de rodeur. Jeff annonce à Cordoba qu'il va rédiger un article plus complet, et le proposer dans les heures qui suivent à plusieurs organes de presse.

— J'ai assez de billes sur l'affaire pour balancer un papier qui va être relayé par tous les titres de la presse nationale et de la presse quotidienne régionale. Prépare-toi à être très sollicité.

— Attends encore un peu ! Nous avons prévu un point-presse en fin de journée. Le patron donnera des éléments du dossier assez intéressants. Nous avons entendu à nouveau Mme Delarche et tout le personnel du restaurant Les Trois Marches où nous avons perquisitionné.

— Je n'ai pas envie d'être grillé par les canards locaux, il me faut ces infos avant le point-presse. Je peux passer à quelle heure ?

— Le patron m'a demandé de ne plus te donner d'info pour le moment. Ça devient chaud et il craint que le Procureur ne le piège. La juge d'instruction Colette Somar est sur notre dos en permanence. Elle exige des retours réguliers. Vraiment, ça devient compliqué.

— Passe-moi Freslaud ! J'ai respecté ma parole, s'il ne respecte pas la sienne, il va se souvenir de moi pendant des années ! Il voulait terminer sa carrière par un succès avec cette enquête criminelle, il va la finir avec une pression médiatique comme il n'a jamais connue !

Cordoba essaie en vain de raisonner le journaliste parisien. En effet, à tout moment, il peut compromettre le succès de l'enquête en publiant ce qu'il sait et que les policiers ignorent encore.

— Je ne peux pas te le passer mais je te promets de te rappeler dans quinze minutes max. Je vais le voir immédiatement. Quelle que soit sa réponse, je te rappelle !

— Si vous avez du nouveau, j'en ai aussi, et du lourd. S'il ne me reçoit pas, il le découvrira en même temps que les lecteurs, auditeurs et téléspectateurs des médias qui eux, me font confiance ! Alors, Mme Somar ne tardera pas à l'appeler pour lui demander des comptes.

— Ne te mets pas en colère, je suis certain que tout va s'arranger !

Même si Freslaud revenait sur sa décision et lui communiquait quelques précieuses informations, Jeff ne se sentirait plus lié au code de bonne conduite qu'il avait accepté en arrivant à Hyères. Il va attendre de connaître le nom de l'avocat à qui Marco a téléphoné à la suite de la perquisition Chez Fernand puis il poursuivra son enquête d'investigation en totale indépendance, donc en concurrence avec les policiers.

Moins de dix minutes après leur premier échange, Cordoba rappelle et indique à Jeff que le commissaire et lui-même le recevront un quart d'heure avant le point-presse réunissant l'ensemble des journalistes du secteur. Pour le reporter, ce n'est pas conforme à ce qui avait été décidé quelques jours plus tôt.

— Un quart d'heure d'avance ne me permet pas de publier avant eux, c'est trop court comme délai. J'espère que je ne viendrai pas pour rien.

À l'heure dite, Jeff se présente au commissariat. Il est immédiatement reçu par Freslaud et Cordoba.

— Le Tribunal nous met une pression insupportable, annonce d'emblée le commissaire. Nous avons auditionné Mme Delarche et nous avons perquisitionné son restaurant. Elle a sollicité le conseil d'un avocat qui a aussitôt contacté le Parquet afin d'avoir accès au dossier. Je ne suis plus libre de ma parole et je vous demande de me croire.

— Si vous n'êtes plus libre de votre parole, rétorque Jeff, moi, je ne suis plus tenu à notre accord de respect mutuel et d'échange d'informations dans cette affaire !

— Tout de suite les grands mots ! Je ne vous dis pas que nous n'allons plus nous parler de cette enquête en privé, je vous dis que lors des points-presse et lorsque vous m'interrogerez pour publication, je m'en tiendrai uniquement à ce que la juge d'instruction m'autorisera de vous dire.

— OK, j'accepte cette règle du jeu. Quels sont les avocats de Mireille et de Marc Delarche ?

— Celui de Mireille te sera donné par le Parquet si tu le demandes, indique Cordoba. En revanche, si tu veux le nom de la personne à qui Marc Delarche a téléphoné juste après notre départ de la brasserie, nous pouvons juste te dire qu'elle n'est pas avocate. Nous ne donnerons pas son nom aujourd'hui parce qu'une expertise de ses appels et de ses messages est en cours et, si nous découvrons des éléments troublants, nous le convoquerons. C'est un proche de Mme Delarche que nous avions déjà entendu.

Jeff garde le silence sur sa découverte de la relation extra-conjugale de Roger Delarche et sur l'amitié entre

Marc et Julie. Il jugera d'en parler ou non avec les policiers en fonction du contenu du point-presse.

Les journalistes hyérois et toulonnais sont surpris de se trouver face à leur confrère parisien. C'est Sébastien qui couvre l'événement pour *Var Matin.* Il avait apprécié de travailler avec Jeff pendant l'*Affaire Natacha* et se dit surpris de ne pas avoir eu de ses nouvelles avant ce jour.

— Tu es arrivé depuis quand ? Tu aurais pu passer à l'agence !

— J'ai failli passer vous saluer mais le temps que je me mette sur cette affaire et que je repère les deux établissements, nous voilà arrivés à ce point-presse.

Freslaud s'amuse de la malhonnêteté intellectuelle du parisien qui a réponse à tout. Il s'en méfie, tout en lui reconnaissant une capacité à dissimuler une réaction pour mieux profiter d'une opportunité.

Sébastien propose à Jeff de boire un verre à l'issue du point-presse du commissaire, ce qu'il ne peut refuser. Et puis, on ne sait jamais, les journalistes hyérois ont peut-être eux aussi quelques billes que les policiers n'ont pas.

C'est Cordoba qui dresse un rapide bilan du résultat des expertises et des auditions en cours. Peu de nouveau pour Jeff si ce n'est que la perquisition au restaurant Les Trois Marches a été plus fructueuse que celle de la brasserie. Le témoignage de la réceptionniste a permis aux enquêteurs de découvrir que Roger Delarche possédait un portable et un abonnement téléphonique payé par le restaurant Chez Fernand et souscrit au nom d'une des salariées. Jean-René, le chef cuisinier, a reconnu avoir reçu un appel de Marco à la suite de la perquisition à la brasserie. Selon lui, le neveu voulait savoir si le restaurant avait lui aussi été perquisitionné, ce qui n'était pas le cas à ce moment-là. Il lui aurait également confié qu'il n'en pouvait plus de ces accusations contre lui et qu'il espérait que les policiers allaient aboutir au plus vite à l'identification du ou des auteurs de l'assassinat de son oncle. Les policiers indiquent que Marc Delarche sera à nouveau entendu dès le lendemain afin de vérifier la cohérence de l'ensemble de ses déclarations.

Les questions des journalistes portent sur les différentes pistes retenues par les enquêteurs, ce à quoi le commissaire Freslaud répond que toutes les pistes ont été prises au sérieux, qu'à ce jour aucune n'est privilégiée ou écartée. Du beau langage d'école qui signifie que les flics sont totalement bredouilles et piétinent.

Une fois sortis de cette rencontre, Sébastien et Jeff se retrouvent au Gambetta, un café sympa situé en haut de l'avenue du même nom. La patronne est une Hyéroise de souche qui connaît sa fidèle clientèle et l'histoire récente de la ville. Le Gambetta est donc une bonne adresse pour un journaliste. Pas étonnant que ce soit là que les journalistes locaux aiment se retrouver.

Sébastien veut savoir si c'est l'assassinat ou la personnalité de Delarche qui intéresse Jeff dans cette affaire.

— Nous sommes prudents avec ce meurtre, précise

Sébastien, parce que tout est possible et nous ne voulons pas nous retrouver piégés à balancer des infos qui seraient contredites ensuite. Mais toi, tu vas la traiter sous quel angle ? Delarche avait le bras long et les dents tout aussi longues. Il était actif dans différents réseaux varois à commencer par la Chambre de commerce, la politique et les clubs services qui se réunissaient chez lui.

— Et tu penses qu'il aurait pu jouer un rôle ou être menacé par des hommes de main du milieu ?

— Non, je ne le crois pas. Tu sais, le Var a une réputation qui commence à dater maintenant, alors il faudrait que les Parisiens arrêtent de penser qu'ici, tout n'est que magouille et mafia !

— Ce n'était qu'une question, pas un jugement.

À cet instant, arrive un homme dont la démarche et la tenue vestimentaire ne peuvent laisser indifférents. Barbe et cheveux argentés, chapeau de feutre blanc bordé d'un ruban de couleur, chemise blanche, nœud papillon et costume portés sous un maxi manteau, ce personnage tient d'une main un sac chargé de livres et de l'autre sa fidèle canne au pommeau d'argent. On le croirait tout droit sorti d'un roman du siècle dernier, ou arrivé le matin même de de la place du Tertre, sur la butte Montmartre, à deux pas du Sacré Coeur de Paris.

Sébastien interrompt Jeff pour lui présenter cette figure hyéroise.

— Je te présente Michel, notre puits de science, notre rebelle, notre *« galérologue »* selon sa propre expression.

— Enchanté, je suis Jeff, journaliste indépendant.

Michel ne tarde pas à prouver que les qualificatifs que lui a attribués Sébastien sont justifiés. L'homme est attachant. Il a été l'un des spécialistes de la production des œillets en Europe. Reconnu par ses pairs, il animait des colloques et des conférences mais aujourd'hui, ses connaissances, il les partage avec les personnes qui prennent le temps de l'écouter en ville où chaque jour, du matin au soir, il marche.

— Il n'y a pas si longtemps encore, je circulais à vélo, confie-t-il. Un beau vélo avec un guidon à la hollandaise muni d'une corne. J'en ai fait des kilomètres avec cet engin. Je connais les moindres rues et les chemins des alentours.

Sébastien propose à Michel de partager le verre de l'amitié à leur table.

Jeff se promet de revoir ce personnage qui, il n'en doute pas, pourra lui parler de la brasserie, du restaurant, de la victime, du port, de la presqu'île de Giens, et de leurs mystères.

L'ABSENCE

Le lendemain matin, le commissariat d'Hyères est en-effervescence. Cordoba attend Marc Delarche pour obtenir des explications concernant les contradictions relevées entre ses déclarations et les éléments recueillis lors de la perquisition au restaurant Les Trois Marches.

Le rendez-vous était fixé à 10h00. Il est déjà 10h30 et Marco n'est toujours pas arrivé. Une nouvelle fois, Cordoba quitte son bureau, sort sur le palier qui surplombe l'accueil du commissariat et regarde s'il le voit parmi les personnes attendant d'être reçues. Toujours pas de Marc Delarche.

Aurait-il été prévenu que ce déplacement risquerait de durer un peu plus longtemps que les précédents, avec le risque d'un placement en garde à vue ?

Sur les conseils de Freslaud, il tente de le joindre pour lui rappeler leur rendez-vous. Après cinq sonneries sans réponse, il lui laisse un premier message vocal.

— Bonjour M. Delarche, c'est M. Cordoba du commissariat d'Hyères. Nous avions rendez-vous ce matin à 10h00, je vous attends, merci de me rappeler dès que vous aurez entendu ce message, même si vous rencontrez le moindre problème qui retarderait notre rencontre. À tout de suite.

Les minutes passent sans que Cordoba ne reçoive le moindre appel de Marco. Il demande conseil à Freslaud qui lui propose de rappeler une fois encore tout en envoyant des véhicules se poster à proximité de la brasserie, au port Saint-Pierre, et à la Madrague, sur la presqu'île de Giens.

En fin de matinée, Marc Delarche n'a pas daigné rappeler Cordoba. Les fonctionnaires chargés de surveiller son domicile et Chez Fernand ne l'ont pas vu.

Les réponses qu'attendaient les enquêteurs lui poseraient-elles un énorme problème au point qu'il aurait préféré fuir ?

Après ces heures d'attente, Cordoba passe à l'offensive. Il ne souhaite pas perdre plus de temps et demande aux policiers de se présenter directement au domicile et à la brasserie pour l'interpeller.

Au domicile, il n'y a personne. Sa voisine indique ne pas l'avoir entendu rentrer la nuit précédente, ni l'avoir vu ce matin, mais qu'il n'y a rien d'exceptionnel à ça.

À la brasserie, Clarisse pense que son patron ne doit pas être très loin puisque, lorsqu'elle est arrivée pour prendre son service, le Range Rover de Marc Delarche était stationné à sa place habituelle, à l'angle de la rue voisine, près de l'accès à la réserve du restaurant.

Les policiers se rendent immédiatement à l'endroit indiqué par la jeune femme et constatent que le véhicule n'a pas bougé de place. Par réflexe, à l'aide d'une petite bombe de peinture, ils tracent un trait sur le pneu et le prolongent sur la chaussée. Un moyen qui permettra ultérieurement de vérifier si le véhicule aura été déplacé ou pas.

À cet endroit, le système de vidéo-surveillance de la ville ne permet pas d'orienter une caméra en direction du Range Rover. Il est même impossible de savoir à quelle heure Marc Delarche est arrivé. Il faudrait visionner les enregistrements de ces dernières heures et extraire les passages sur lesquels on verrait circuler le véhicule dans les rues voisines. Mission contraignante mais régulièrement assurée avec succès par les policiers municipaux sur réquisition. Pour l'heure, Cordoba compte encore sur la lucidité de Marco avant de recourir à ces moyens.

Le personnel de Chez Fernand commence à s'inquiéter de l'absence du boss. Il n'est pas dans ses habitudes de procéder de la sorte alors, lorsque deux voitures de police arrivent devant la brasserie, c'est l'angoisse. Cordoba entre avec autorité dans l'établissement et demande à être accompagné pour inspecter chaque pièce. Clarisse accepte de lui ouvrir les portes des cuisines, de la réserve et du bureau de Marc Delarche. Le policier ne remarque aucun signe qui permettrait d'imaginer une fuite préméditée. Cordoba profite de sa présence sur place pour demander à rencontrer la personne pour laquelle un abonnement téléphonique a été souscrit par Delarche. Clarisse est formelle, aucune de ses collègues ne profite d'un abonnement téléphonique pris en charge par la brasserie et elle ne connaît pas la personne citée par l'enquêteur.

De retour au commissariat, Cordoba évoque la situation avec Freslaud qui se montre très embarrassé. Marc Delarche n'est que témoin dans cette affaire criminelle. Pour alerter la juge d'instruction et solliciter un mandat d'amener, il faudrait avoir réuni assez de preuves de sa culpabilité pour le considérer comme suspect, voire le qualifier d'accusé en fuite. Ce n'est qu'en signant le procès-verbal de sa prochaine audition qu'il pourrait changer de statut. Le commissaire en est persuadé, Marco s'est informé sur la procédure règlementaire et ne va pas se présenter au commissariat. Avant d'alerter la juge d'instruction et de prendre le risque de se mettre en difficulté face à celle qui veut le dessaisir de l'enquête, Freslaud veut encore travailler sur les éléments réunis par ses services.

Il y a quelques éléments qui, selon lui, ont été négligés. Il veut savoir qui sont les hommes qui ont rendu visite à Roger Delarche dans les jours qui ont précédé sa mort. Il veut connaître la raison de la rencontre entre

Marc et Mireille Delarche. Il veut savoir où est passé l'argent du produit des ventes effectuées le jour même de la disparition du restaurateur. Enfin, il veut que Cordoba éclaircisse cette histoire de portable utilisé discrètement par Delarche, payé par la brasserie et souscrit au nom d'une employée imaginaire. Trop de zones d'ombre entourent les témoignages des proches de la victime. Il craint à présent un complot familial très bien préparé à l'issue duquel tous les acteurs y trouveraient leur compte. Il ordonne à Cordoba de se concentrer sur cette piste tout en gardant à l'idée que le meurtre pourrait avoir été commis par une personne extérieure au clan mais pourquoi pas, sur commande. Peut-être pourra-t-il ainsi obtenir une explication sur l'absence du neveu.

Au même moment, Jeff revient à la charge. Les médias nationaux s'agitent et sont très intéressés par l'affaire. Il lui faut maintenant les alimenter régulièrement en informations fiables afin de rentabiliser son séjour à Hyères. Si les chaînes de télévision d'information en continu venaient à le trouver peu productif, elles dépêcheraient des équipes sur place et il ne pourrait plus rivaliser. Pour l'heure, il leur a adressé des images de la brasserie, du restaurant, de l'endroit où été assassiné Roger Delarche, et même quelques photos de ce dernier. Jusqu'à présent, ces chaînes passent les mêmes images en boucle chaque fois qu'elles évoquent l'affaire varoise mais Jeff sait qu'il va devoir fournir du contenu chaque jour. Il doit échanger les infos qu'il a obtenues avec celles des policiers s'il en ont de nouvelles. Il appelle Cordoba pour lui proposer une actualisation des éléments à destination de la presse.

— Salut poulet ! Comment vas-tu ? J'ai quelques infos fraîches à te proposer alors, si de votre côté vous avez avancé, nous pourrions nous rencontrer. J'ai appris que vous aviez débarqué Chez Fernand et que le jeune n'y était pas. Il a quelque chose à se reprocher ou il était parti rendre une petite visite à sa tante ?

Quand il se permet d'employer ce ton face à des enquêteurs avec lesquels il a sympathisé, c'est que Jeff veut donner l'impression qu'il est en position de force et qu'il a de nouvelles révélations à publier.

— Il n'y a pas que les journalistes qui savent mener des enquêtes. Nous aussi nous avançons, et vite. Je n'aurai donc malheureusement pas de temps à t'accorder aujourd'hui et demain. Je te propose de nous voir après-demain pour un nouveau point-presse au cours duquel nous aurons des informations importantes à vous communiquer.

— À nous communiquer ? Tu veux dire que le point-presse sera commun à l'ensemble des journalistes qui souhaiteront y assister ?

— C'est bien ça, en effet ! Je n'aime pas ta façon de me parler. Je ne suis pas payé pour t'aider à vendre de bons papiers à la presse nationale et à cette chaîne de télé qui n'a qu'un objectif, augmenter son audience en racontant n'importe quoi sur les policiers !

Jeff regrette déjà d'avoir utilisé un ton trop familier. Il doit regagner la confiance de Cordoba.

— Écoute, je comprends que cette affaire soit délicate et que vous ne puissiez pas nous donner toutes les infos au fur et à mesure que vous les obtenez, mais sache que ça parle beaucoup en ville et sur le port. En tendant l'oreille, on apprend pas mal de choses. Je me suis intéressé à la personnalité de Roger Delarche, à ses contacts, et à sa vie privée, et je pense que je vais continuer dans cette voie alors, si tu as envie que nous en parlions, je reste disponible. Et pour le coup, si je trouve des éléments bétons, je vais les publier avant mes petits confrères, quitte à ce que la juge d'instruction les découvre en même temps que vous.

La force d'un journaliste d'investigation est que rien ne l'arrête. Résoudre une affaire criminelle, dénoncer un scandale politique ou financier, révéler des magouilles en tous genres, est un jeu avant d'être un gagne-pain. Et à ce jeu-là, Jeff est plutôt performant.

Cordoba redoute que le journaliste ne leur réserve une mauvaise surprise en diffusant des informations qui risqueraient de compromettre l'enquête. Il alerte son patron en se rendant dans son bureau.

— Je viens d'avoir le journaliste parisien au téléphone. Il a appris que nous sommes retournés à la brasserie et je crains qu'il sache que Marc Delarche nous a échappé. Il voulait me voir pour en discuter. Je lui ai parlé un peu sèchement et lui ai donné rendez-vous après-demain mais avant de raccrocher, il m'a dit qu'il possédait des informations et qu'il allait les diffuser. Actuellement, c'est lui qui alimente BFM et *Libération* donc, autant dire que Mme Somar découvrira ces infos en même temps que nous.

Freslaud n'aime pas du tout se retrouver sous pression médiatique. Il le redoutait et voilà que ça arrive, au moment où il découvre qu'il y a des failles dans la collecte des renseignements et des éléments de l'enquête. En silence, d'un geste large, il écarte les différents documents se trouvant sur son bureau, il ajuste sa fidèle veste bleu marine, attrape un crayon et pose devant lui une feuille blanche au format A3.

— Il a quoi votre ami journaliste ? Nous allons tracer l'arbre généalogique de tout ce petit monde qui a décidé de garder le silence et de brouiller les pistes de notre enquête.

Avec méthode, le commissaire dessine des petites cases dans lesquelles il inscrit les noms des principaux protagonistes de l'affaire et laisse une case vide au milieu de laquelle il trace un point d'interrogation. Puis il relie les cases entre Mireille et Roger, entre eux et Paul Hermon, entre eux et Marc Delarche. Ensuite il établit des liens conflictuels ou pas entre Paul, Marc et les autres. Il s'autorise à imaginer les intérêts de ceux-là à la suite de la mort du restaurateur. Sa conclusion est sans appel…

— Il nous manque des pièces essentielles pour reconstituer le puzzle. Dans le dossier d'enquête, il y a des trous. Convoquez-moi Mme Delarche et son protégé, M. Hermon. Je me fous éperdument de savoir qui couche avec qui, mais je veux savoir qui a tué ou a commandé l'assassinat de Delarche ! Et n'oubliez pas leur chef-cuisinier, il a été en contact avec Marc Delarche, il pourrait nous aider à le trouver.

Cette grande déclaration ne règle pas le problème de Cordoba qui veut savoir ce qu'il doit dire à Jeff.

— Commissaire, pensez-vous que donner des billes au journaliste parisien pourrait le calmer ? Dans ce cas, qu'est-ce qu'on peut lui dire avant le prochain point-presse ?

— Dites-lui que je veux le voir ! Lui, ce qui l'intéresse c'est de vendre des scoops et de griller ses confrères. Eh bien, je vais lui en donner moi des scoops, et Mme Delarche va retrouver la parole quand elle va sentir que la situation va vite devenir défavorable pour ses deux établissements.

— Comment comptez-vous procéder ?

— Je vais réactualiser un vieux truc que les collègues des Renseignements Généraux utilisaient. Dites-lui de passer me voir !

Cordoba n'en saura pas plus mais il sort soulagé du bureau de Freslaud et ne tarde pas à rappeler Jeff.

— J'ai plaidé ta cause auprès du patron en lui expliquant que tu souhaitais nous voir avant le point-presse.

Au départ, il n'était pas chaud donc, tu me dois un café parce que j'ai réussi à le faire changer d'avis. Il est OK pour te recevoir et tu peux passer quand tu veux, il est à son bureau jusqu'à ce soir.

Même s'il se doute que Cordoba ne lui raconte pas la réalité de son échange avec Freslaud, Jeff est satisfait du résultat et se rend au commissariat.

L'enquêteur l'accueille et le conduit directement dans le bureau du patron, avant de les laisser seuls.

— Vous êtes venu rapidement. Bon, je ne vais pas y aller par quatre chemins, nous piétinons et je n'ai rien de très concret à vous donner aujourd'hui. Cordoba m'a fait part de votre impatience alors comme je sais qu'après-demain c'est loin, très loin pour vous, je vous propose d'échanger à propos de ce que nous avons vous et nous. En revanche, si vous le permettez, je dois attirer votre attention sur le risque qu'il y aurait à diffuser des infos qui compromettraient notre résultat, donc le vôtre.

— Je piétine aussi et je n'ai rien à vous donner Commissaire.

— Allons, ne soyez pas plus puritain que nos parlementaires et nos magistrats ! Je sais que vous êtes allé vous promener du côté du port après notre passage. Nous cherchions Marc Delarche qui devait se présenter au commissariat pour y être entendu mais qui n'est pas venu. Depuis, il n'est plus joignable et n'a pas remis les pieds ni chez lui, ni à la brasserie du port.

Jeff est très heureux d'apprendre ça, il pensait que Marco était uniquement absent de la brasserie au moment où les policiers y étaient passés. Afin de conserver la maîtrise de l'entretien, il donne l'impression qu'il possédait cette information mais n'est pas à brader celle concernant Julie. Il tente alors de vérifier si les policiers sont sur la piste de l'adultère.

— Le personnel est très étonné par cette disparition soudaine. Avez-vous des contacts avec ses proches ?

— Une patrouille s'est présentée à son domicile où il vit seul. Mes hommes ont rencontré une de ses voisines qui ne l'a pas vu non plus. S'il a décidé de fuir, c'est qu'il sent que le filet se resserre autour de lui.

— Après votre première perquisition, il a téléphoné longuement. Avez-vous l'identité de cette personne qui pourrait l'héberger ?

— Oh non, l'autre jour il a appelé le cuisinier des Trois Marches qui nous a raconté leur discussion. Marc Delarche voulait savoir si le restaurant et le bureau de son oncle avaient également été perquisitionnés.

— Il est devenu l'élément clé de votre enquête. Vous préféreriez le retrouver avant que je parle de cette disparition ?

— On ne peut rien vous cacher ! En revanche, si comme vos aînés, vous saviez protéger vos sources, je pourrais vous donner quelques éléments troublants.

— Je vois que vous travaillez vous aussi comme vos

illustres prédécesseurs du Quai des Orfèvres, je vous en félicite. Quelles sont ces éléments troublants ?

— Delarche était plus secret que ses proches nous l'ont indiqué dans un premier temps. L'une de ses employées nous a confié qu'un jour, il s'était emporté parce qu'il avait égaré un portable. Nous avons cherché la trace de ce téléphone et nous l'avons retrouvé dans la comptabilité de la brasserie.

— Ce n'est pas nouveau, Cordoba nous en avait déjà parlé de ce portable égaré qui était toujours sur silencieux. Peut-être était-ce pour communiquer avec une maîtresse ?

En posant la question de façon triviale, Jeff veut tester la réaction de Freslaud. A-t-il connaissance de l'existence de Julie ?

— Non, je crois plutôt que Delarche était en contact avec des individus peu recommandables et nous allons tout mettre en place pour les identifier. Ils ont été vus par la même employée du restaurant qui pourrait les identifier, si nous mettions la main dessus. La crainte de l'employée a fait sourire la veuve. Nous voulons savoir ce que cachait cette réaction surprenante de la part d'une femme dont le mari vient d'être assassiné.

— J'ai l'impression que l'enquête se rapproche de la veuve et du neveu. Vous pensez qu'ils auraient pu se mettre d'accord pour éliminer Delarche et se répartir les biens ? Que deviendrait Paul Hermon dans cet arrangement ?

— Nous aurons du nouveau très rapidement les concernant !

Jeff comprend que Freslaud lui demande d'attendre une journée ou deux avant un probable rebondissement. Afin de prouver sa confiance au commissaire, Jeff lui parle de son passage à La Badine puis à Giens en se gardant bien d'évoquer Julie.

— Marc Delarche n'a pas laissé que de bons souvenirs là-bas. J'ai croisé l'un de ses anciens employés qui m'a parlé de sa façon de gérer son commerce puis ses chambres d'hôtes. Il avait de grandes ambitions qu'il n'a pas réussi à concrétiser à cause de son point faible, la gestion. Il se dit que, sans la protection de son oncle, il n'aurait jamais su diriger la brasserie.

— Où voulez-vous en venir ?

— Je me dis que cet homme n'avait aucun intérêt à voir son oncle disparaître. Il avait une situation sociale et des revenus qu'il n'a jamais eus jusqu'à ce qu'il travaille au restaurant. Il pouvait espérer devenir le légataire du couple et hériter à terme des deux établissements. Ses difficultés de gestion étaient compensées par la présence régulière de Roger Delarche à ses côtés qui le formait. Que pouvait-il espérer de mieux ?

— Je ne suis pas d'accord avec vous ! Tous les éléments que nous réunissons lui sont défavorables. Ce type nous a caché des évidences. Il n'est pas le seul. Mireille Delarche et son protégé mentent autant que le neveu.

On frappe à la porte du bureau de Freslaud. C'est Catherine Barbier, la capitaine de police chargée d'analyser les documents saisis lors des perquisitions ou obtenus auprès de différentes sources dans le cadre de la commission rogatoire. Elle souhaite s'entretenir avec son patron à propos de quelques points qui lui paraissent étranges. Elle vient de recevoir le contenu des appels et des échanges SMS entre Marc Delarche et Jean-René, le chef-cuisinier. Afin d'approfondir son expertise, elle a également demandé le relevé détaillé du portable de ce dernier. Des messages plus ou moins codés ont attiré son attention.

MICHEL

Freslaud prend connaissance de la fréquence et du contenu des échanges entre Jean-René et Marc Delarche. Rien d'extraordinaire. Ce sont principalement des propos professionnels, le second demandant conseil au premier pour des achats ou pour la préparation de réceptions de groupes. Ces échanges ne présentant pas un caractère exceptionnel, Freslaud en lit certains à voix haute et s'amuse du langage un peu farfelu du cuisinier lorsqu'il s'adresse à d'autres contacts.

— Il se prend pour un poète du XVIIIème. Écoutez ça quand il parle apparemment de son embauche au restaurant ! « Les Trois Marches représentent pour moi la vie d'un homme, sa jeunesse, sa maturité et sa vieillesse mais aussi, les étapes de l'être humain dans ce qu'il a d'entier, son corps, son âme et son esprit. Je serai fier de pouvoir les gravir une à une ». Bon, il est un peu moins classe quand il parle de sa patronne et c'est ce qui le rapproche du neveu. Je ne peux vous les lire mais disons qu'il utilise quelques noms d'oiseaux pour la qualifier en lui reprochant son opposition à son neveu.

Jeff accepte volontiers que Freslaud ne lise pas les passages concernant les témoins de l'affaire mais les messages loufoques l'intéressent.

— Y a-t-il d'autres échanges sur le même ton que celui que vous venez de lire ? Ce type est intéressant culturellement et psychologiquement !

Freslaud se dit qu'il n'y a aucun risque à choisir quelques échantillons de la prose de Jean-René.

— Celle-là n'est pas mal non plus « Je suis claqué. Le patron m'a demandé de l'aider à préparer la réception prévue pour la Saint-Jean. Il y aura du beau monde. Nous avons repeint le plafond en tenant compte de l'emplacement des étoiles. C'est un minimum ». Bah oui, c'est certain, tous les peintres en bâtiment savent qu'il faut tenir compte des étoiles avant de repeindre un plafond. Ce type est fou !

Pas si fou que ça pour Jeff qui aimerait lire les autres messages farfelus. Il entre dans le jeu de Freslaud pour l'encourager à lui lire d'autres extraits, ce que le commissaire refuse faute de temps, mais aussi par prudence.

— Votre intérêt pour ces messages m'intrigue Jeff ! Vous en pensez quoi ?

— Pour être honnête, je ne crois pas ce que ce type soit un illuminé. Je connais un ami fan de ce langage précieux, plus ou moins sacré, et des codes qu'il renferme. Accepteriez-vous de me confier quelques extraits de ce relevé n'ayant aucun lien avec l'affaire mais illustrant son style d'écriture ?

— Vous savez bien que c'est impossible. Que comptiez-vous en tirer ?

— Rien à titre personnel. En revanche, si mon ami avait pu identifier qu'il s'agissait là d'un style un peu désuet ou au contraire, d'un langage précis utilisé par les membres d'une communauté ou d'une obédience, ses conclusions nous intéresseraient autant vous que moi.

— Votre ami est journaliste ?

— Non, c'est un universitaire, spécialiste de la littérature ancienne et des sociétés savantes.

L'enquêtrice en charge de l'exploitation des relevés voit là une occasion de gagner un temps précieux dans la compréhension des messages qui, selon elle, ne sont pas anodins. Elle se permet d'appuyer la proposition de Jeff.

— Il y en a deux, Commissaire, qui m'intriguent et qui mériteraient de nous être expliqués. Dans le premier, il parle de l'argent de la veuve bien avant la mort de Delarche, et dans le second, il dit qu'il paiera les ouvriers et s'assurera qu'ils seront contents et satisfaits.

C'en est trop pour Freslaud qui ne comprend rien à tout ce langage d'illuminé.

— Vous allez me questionner ce type sur ces messages. Sait-on à qui ils sont adressés ?

— Oui, Commissaire. Toujours à la même personne qui lui répond, comme vous le voyez, avec un langage tout à fait ordinaire. Quand Jean-René lui écrit « Le couvreur ne pourra pas être présent chez les écossais, ou s'il me demande de le remplacer ici pour aller ouvrir, il faudra reporter le travail à la prochaine date », la réponse est « OK, no problem, tu me dis quand ».

Jeff n'obtient pas les extraits mais tout ce qu'il vient d'entendre le met sur une autre piste jusque-là ignorée. Et si le nom du restaurant n'avait pas été choisi tout à fait par hasard ? Pour cela, et pour confirmer son idée à propos de la piste à laquelle il pense à présent, il faudrait qu'il puisse en parler avec une personne cultivée connaissant parfaitement la vie locale. Michel, le personnage croisé au café dans Hyères, lui semble tout indiqué. Il le contactera dès que possible.

Dans l'immédiat, c'est la disparition de Marc Delarche qui est sa priorité. S'il pouvait savoir où se cache le neveu et ce qu'il a à se reprocher, il marquerait des points dans sa course à la découverte de la vérité. Freslaud n'en dira pas plus aujourd'hui.

En sortant du commissariat, le journaliste réussit à joindre Michel qui accepte de le rencontrer en centre-ville, au Gambetta. Jeff prend un risque énorme en lui parlant du contenu des messages. Michel pourrait se rendre ensuite à l'agence de *Var Matin* partager ces informations avec Sébastien. Mais l'homme possède les traits d'un sage et de quelqu'un de droit, il inspire confiance.

— Cela me fait très plaisir que vous ayez accepté de me rencontrer. Je suis toujours sur l'Affaire Delarche et comme il y a quelques points que je ne comprends pas, j'ai pensé que vous pourriez certainement les éclaircir.

Étonné et honoré par autant de considération, Michel laisse échapper un petit rire avant de demander à en savoir un peu plus sur ces points incompris.

— Je ne me mêle jamais des affaires des autres, j'ai assez des miennes à m'occuper. Je lis beaucoup, je suis l'actualité locale, nationale et internationale, je suis parfois critique mais je ne parle jamais dans le vide comme toutes ces langues de vipères sur internet. Et puis, les faits divers, ce n'est pas ce qui me passionne.

Michel est effectivement le rebelle et certainement le puits de sciences que lui a décrit son confrère Sébastien. Il serait temps maintenant que Jeff puisse le vérifier.

— Je ne vous ai pas contacté pour parler du crime lui-même, mais pour connaître votre avis sur des expressions qui doivent faire référence à une forme de littérature ou à un courant de pensée philosophique.

— Ah, c'est plus dans mon domaine bien que je ne sois pas un expert. Montrez-moi ces expressions ?

— Je ne les ai pas écrites, je les ai en mémoire. Quand une personne dit à une autre qu'un nouvel emploi dans le restaurant du couple Delarche représente pour elle sa vie, sa jeunesse, sa maturité et sa vieillesse mais aussi, le corps, l'âme et l'esprit de l'être humain, est-ce que ça vous inspire un courant littéraire ou philosophique ? Ou est-ce tout simplement un individu original ?

— Ça me parle, c'est un mélange de différentes démarches intellectuelles. Il faudrait avoir la phrase écrite en intégralité parce que là, c'est une interprétation qui ne correspond à rien que je pourrais identifier.

— La même personne parle d'ouvriers qu'il paiera et s'assurera qu'ils seront contents et satisfaits.

En entendant cette phrase, Michel rie à gorge déployée, se met debout, frappe le sol de façon théâtrale avec sa canne, et ne cache pas sa satisfaction de pouvoir éclairer le Parisien.

— C'est le moment de le dire, vous avez frappé à la bonne porte en venant vers moi. Ce sont des expressions maçonniques qui sont souvent reprises par des personnes qui n'ont jamais été initiées mais qui, les découvrant dans les nombreuses publications les citant, les reprennent à leur compte.

— Je ne voulais pas vous orienter trop vite mais c'était également mon idée. L'homme qui a été retrouvé assassiné dans le coffre de sa voiture à Hyères possédait le restaurant Les Trois Marches au Pont-du-Var. C'est l'un de ses employés qui utilise ces expressions dans ses échanges avec ses amis.

— Il n'était pas très discret ce restaurateur. Les Trois Marches signifient les trois étapes de la franc-maçonnerie. Un homme y débute apprenti avant de devenir compagnon et, après quelques années de pratique, il peut espérer passer maître, le grade le plus élevé.

— Vous êtes vous-même l'un des leurs ?

— Je le suis ou je ne le suis pas, je ne vous le dirai pas. Ce qui est amusant dans la franc-maçonnerie, c'est ce secret qui véhicule autant de fantasmes que d'idées reçues. Cette connaissance est publique puisque Toulon a accueilli en mai dernier, ou peut-être déjà l'année d'avant, le plus grand rassemblement mondial de francs-maçons. Il y a eu des expositions, des conférences et même des tenues ouvertes au public. J'y ai appris énormément de choses. Votre type a pu puiser ses connaissances là-bas sans jamais devenir apprenti ou je ne sais quoi. Je me souviens qu'il y a même eu un magazine hors-série de *Var Matin* qui a été vendu à cette occasion. Je vais le rechercher et si je le retrouve dans tout mon bazar, je vous le prêterai. Vous voyez, ce sont des secrets connus de tous, qui n'ont donc rien de secret !

— Que penser alors du nom du restaurant ?

— Il devait y avoir un atelier à cet endroit. Il faudrait savoir depuis quand le restaurant s'appelle ainsi.

— Et quand le même individu parle de repeindre un plafond en tenant compte de l'emplacement des étoiles, c'est maçonnique aussi ?

— Tout dépend de quel plafond ! Dans certaines loges, le plafond de la pièce où ils se réunissent peut représenter le ciel étoilé. L'intérieur du temple de Toulon est remarquable avec sa voute étoilée. Frappez à leur porte, près des Quatre Chemins des Routes, ils vous ouvriront.

— Puisque cette personne, qui travaille aux Trois Marches, semblait dire qu'elle était fatiguée après avoir repeint le plafond, cela pourrait signifier qu'il y a encore des réunions de francs-maçons sur place.

En prononçant cette phrase, Jeff se souvient que Cordoba et Freslaud ont déjà évoqué des hommes vêtus comme des musiciens, qui étaient venus aux Trois Marches et s'étaient isolés avec Roger Delarche.

— Je commence à comprendre pas mal de choses dont le fameux secret. Merci beaucoup Michel, vous m'éclairez sur tous ces points qui me sont totalement étrangers. Voulez-vous me raconter comment se déroule une réunion de francs-maçons ?

— Une réunion se nomme une tenue. Les hommes sont disposés en fonction de leur grade. Les apprentis au premier rang, les compagnons derrière, et les maîtres aux postes de commandement. Vous voyez le parlement anglais ? Eh bien, c'est un peu la même disposition. Quand tous les membres sont présents, le vénérable-maître, leur chef, demande à celui qui est placé près de l'entrée, le couvreur, de vérifier que personne ne vienne troubler leurs travaux, leurs discussions.

— Je vous arrête là. Tout ce que vous m'expliquez est plus ou moins présent dans les échanges de messages. Je ne comprends plus rien mais ce qui est certain, c'est qu'il s'agit bien d'un lieu où se retrouvent les francs-maçons.

Est-ce que cette activité pourrait avoir un lien avec la mort de Delarche ? L'ont-ils éliminé ?

— Non ! C'est fini ces histoires. Fort heureusement, on ne chasse plus les frères travaillant dans les loges. Ce sont même souvent des lieux où se côtoient, avec fraternité et bienveillance, des personnes d'opinions et de confessions différentes, ce qui dérange le profane.

— Et si Delarche avait construit tout ça pour s'assurer un juteux business ? On sait qu'il y a régulièrement chez lui des réunions avec les élus du département.

— Les puristes regrettent en effet le mélange entre démarche initiatique personnelle et affairisme.

Jeff ne se souvient plus des autres termes incompris dans les messages. Cette discussion avec Michel lui a permis d'apprendre énormément. Il cherche déjà comment il pourrait procéder afin d'obtenir la confirmation de la présence d'un atelier de francs-maçons aux Trois Marches.

— Je vais essayer de retrouver les autres expressions utilisées. Pourrais-je vous solliciter à nouveau ?

— Avec plaisir. Je vais essayer de vous retrouver le magazine dont je vous ai parlé. En le lisant, vous en saurez autant que moi, mais cela ne nous empêchera pas de nous revoir.

Au cours de la nuit suivante, Jeff passe de longues heures sur internet à s'informer des us et coutumes des francs-maçons. Plus il avance dans sa lecture, et plus il y découvre des liens avec l'affaire Delarche. Des épées sont utilisées lors des cérémonies importantes. Le cadavre du restaurateur reposait sur l'une d'elle. Une longue corde à nœuds entoure la loge et symbolise selon les interprétations, la chaîne d'amour qui relie les maçons, ou un outil utilisé sur les chantiers par les membres des loges, appelés les ouvriers. Une telle corde était présente dans le coffre de la BMW. Les pierres trouvées également sur place pourraient correspondre aux deux pierres posées de chaque côté de l'Orient où siège le vénérable-maître. Enfin, le sac en tissu qui recouvrait la tête de Roger Delarche pourrait être celui qu'on place sur la tête d'un profane lors de son intitiation. Jeff ne trouve pas le sommeil. Il vient de réunir les pièces du puzzle qui manquaient aux policiers. Delarche est peut-être mort pendant un rite maçonnique et il a été abandonné, à un endroit très passant, pour être rapidement retrouvé.

Jusqu'au petit matin, Jeff hésite entre deux façons de faire bon usage du trésor que Michel lui a offert. Soit il se rend seul au Pont-du-Var en se présentant comme une personnalité de la franc-maçonnerie et, dans le cas où il aurait la preuve de l'existence de cette loge, il pourrait publier un article explosif. Soit il s'assure le concours des policiers, leur balance tout ce qu'il a découvert, et exige l'exclusivité sur le résultat de leur enquête.

Au chant du coq, il se lève et, malgré la fatigue de cette nuit quasiment blanche, il sait que la journée sera exceptionnelle.

JEAN-RENÉ

Dans la salle de restaurant du Ceinturon, Jeff s'isole et s'empresse d'appeler son amie Marie, tout en dégustant un copieux petit déjeuner.

— Je n'ai pratiquement pas fermé l'œil de la nuit. Hier soir, j'ai longuement discuté avec un vieux monsieur dont la culture est immense. Je lui ai parlé des SMS étranges que le cuisinier du restaurant Les Trois Marches envoyait. Et tu ne sais pas ce qu'il m'a expliqué ? Le contenu de ces messages prouve que l'affaire concerne la franc-maçonnerie. Tu ne peux pas t'imaginer à quel point je suis excité. Je suis le seul sur le coup. Même les flics n'ont pas vu le lien !

Marie est heureuse pour son compagnon même si elle en déduit qu'il va prolonger plus encore son séjour dans le Var.

— Donc, j'imagine que tu vas devoir rester quelques jours de plus sur place ?

— Je ne peux vraiment pas faire autrement. J'en suis désolé. C'est vraiment une grosse affaire et je ne veux pas me rater. Avec ça, je peux vendre à un paquet de rédactions et d'agences.

— Et si ce monsieur t'a raconté n'importe quoi ? Comment peux-tu vérifier ce qu'il t'a dit ?

— C'est du béton, ce mec ! Il va me prêter un bouquin sur la franc-maçonnerie. Il a assisté à Toulon à un séminaire international ouvert au public, et je le verrais bien en faire partie, même s'il me dit le contraire.

— Tu me fais peur ! Ces gens sont dangereux. Balance un bon papier à tes clients habituels et aux agences, puis laisse venir d'autres médias pour chasser en meute. S'ils ont tué ce restaurateur, ils ne te laisseront pas fouiller dans leurs histoires et magouilles internes.

Sans lui avoir demandé, Marie vient de l'aider à choisir définitivement la seconde option parmi celles qu'il envisageait.

— J'ai longtemps hésité entre, aller enquêter seul sur place en me présentant comme un big chef de leur clan, ou échanger mes infos avec le commissaire Freslaud. Je suis d'accord avec toi, il faut jouer la prudence et travailler avec la police. Je vais essayer d'obtenir en retour l'exclusivité de ce qu'ils trouveront sur place, s'ils décident de perquisitionner. De toute façon, je ne pouvais pas m'aventurer là-bas : à la première référence à leurs symboles ou leurs rites dans nos échanges, ils se seraient rendu compte que je suis une bille. Trop dangereux.

— Promets moi de ne prendre aucun risque !

— Je viens de te le dire, il m'est impossible d'aller sur place sans me faire lyncher. Je vais devoir négocier avec ce bon commissaire.

— J'aime mieux ça, et je suis convaincue que tu vas nous sortir de super reportages, tous supports.

Après cet échange téléphonique, il parcourt la presse locale. Dans l'édition du jour, les journalistes varois reviennent sur l'affaire en soulignant l'absence de piste sérieuse et la faiblesse manifeste de l'enquête.

L'éditorialiste s'interroge même sur l'urgence qu'il y aurait à confier le dossier au SRPJ de Marseille. Jeff regagne sa chambre d'où il appelle le commissariat en précisant vouloir parler à M. Freslaud. L'agent tente de lui expliquer qu'il ne peut déranger le commissaire mais Jeff insiste si lourdement que le fonctionnaire finit par accéder à sa demande.

— Freslaud à l'appareil ! Que se passe-t-il ? Vous avez retrouvé le jeune Delarche ? Je m'apprête à entrer en réunion alors, dites-moi rapidement ce qui vous autorise à m'appeler sans passer par Cordoba. Vous vous croyez tout permis les journalistes ?

Jeff commence à bien connaître Freslaud, et à entendre ces mots et le ton sur lequel ils les dit, il est évident qu'il a déjà lu *Var Matin*.

Les conséquences pour le commissaire vont être multiples, à commencer par une violente réaction de la juge d'instruction. Finalement, c'est le moment le plus propice pour lui proposer un marché.

— Avez-vous lu la presse locale ce matin ?

— Oui, j'ai lu la presse locale ! Vous commencez à m'emmerder avec vos papiers à la con ! Ils vont me le payer cher. On croirait qu'on ne bouge pas, qu'on n'enquête pas. Puisque c'est comme ça, la presse n'aura plus aucune info de notre part. Vous irez pleurer devant le bureau de cette chère Mme Somar.

— Ne vous fâchez pas contre moi, Commissaire. Je crois avoir respecté ma parole. Mes confrères varois tirent un peu à la ligne parce qu'ils n'ont rien non plus, ils n'ont même pas évoqué la disparition de votre témoin numéro un. Et puis, si vous vouliez avancer à grands pas au cas où la juge vous demanderait des comptes, j'aurais du lourd à vous offrir.

— Qu'est-ce que vous appelez du lourd ?

— Accepteriez-vous de me recevoir dès maintenant ?

— C'est la meilleure ! Je me fais pourrir dans la presse, vous vous permettez de me déranger, et il faudrait en plus que je vous reçoive !

— Pour être précis et vous permettre de juger de l'importance de ces éléments, je dois vous dire que je n'ai pratiquement pas fermé l'œil de la nuit. Ce que j'ai découvert va relancer votre enquête !

— Je vous préviens, je n'ai pas de temps à perdre avec vos élucubrations. Vous avez intérêt à avoir du lourd comme vous dites. Rendez-vous dans mon bureau à 10h30. Je vous préviens, je n'aurais que quelques minutes à vous consacrer.

Par prudence, Jeff quitte le quartier de l'Ayguade suffisamment tôt, au cas où les travaux engagés sur l'avenue Decugis le retarderaient. Visiblement, Freslaud est quand même impatient de l'entendre puisqu'il vient à sa rencontre dans le hall du commissariat, lui offre un café et lui propose de le partager dans son bureau.

— Alors, qu'avez-vous découvert de si exceptionnel ? Vous savez où se cache Marc Delarche ?

— Pas du tout. Je me suis intéressé aux messages farfelus du cuisinier et leur décryptage ouvre une nouvelle piste.

— Assez de cachoteries, allez droit au but !

— Avant ça, je vous rappelle que je ne suis pas policier et que mon job, c'est le journalisme. C'est la diffusion d'informations qui me nourrit. Est-ce que votre proposition d'échanges informels tient toujours ?

— Où voulez-vous en venir ?

— C'est très simple, je vous échange ma réflexion contre l'exclusivité du résultat que vous allez en tirer, peut-être même l'identification des auteurs de ce crime.

— Rien que cela ! Vous êtes vraiment prétentieux vous les Parisiens !

— Je ne suis pas Parisien de naissance, je suis un provincial vivant et travaillant à Paris. Nuance !

— Le job du policier est de recueillir informations et renseignements lui permettant d'aboutir à la résolution d'une affaire alors, vous avez raison, nous sommes vous et moi au clair par rapport à l'éthique de nos métiers. Je vous confirme nos échanges cordiaux à propos de l'assassinat de cet homme.

Rassuré par ces propos, Jeff énumère tous les indices et les preuves matérielles laissant penser que Roger Delarche pouvait être très lié à l'activité maçonnique. Freslaud est contrarié, non pas par ce qu'il entend, mais par son manque de flair. Les objets retrouvés dans le coffre de la BMW sont des outils utilisés pendant les tenues. Le nom du restaurant, le mystère entretenu autour de ce portable égaré, les hommes en costume noir se rassemblant vraisemblablement avant une tenue sont autant d'indices que le vieux routier des enquêtes criminelles aurait dû repérer. Enfin, les zones d'ombre dans l'emploi du temps de Delarche cachaient une activité discrète. C'est en découvrant la signification des messages suspects de Jean-René que le commissaire craque.

— Je suis bon pour la casse ! Je n'ai pas su conduire mes hommes sur la bonne piste. Cordoba n'est pas encore à la hauteur pour diriger une équipe. Quant à Breton, n'en parlons pas, il débute. La capitaine Catherine Barbier, qui a attiré notre attention sur ces messages, avait raison, il faut qu'un expert nous en livre les secrets.

— Je voulais me rendre au restaurant Les Trois Marches pour trouver cette foutue loge s'il y en a une mais, seul et sans aucune légitimité, il m'est impossible d'entrer dans les parties privées de l'établissement. Et qui sait, c'est peut-être là-bas que se trouve Marc Delarche, protégé par Mireille, Paul ou Jean-René.

Freslaud se lève de derrière son bureau, s'avance vers Jeff et lui tend la main.

— Bravo ! Vous me bluffez. Je connais plusieurs élus et quelques collègues qui appartiennent à des loges. Ils sauront me dire si Delarche était l'un des leurs.

— Sauf si la mort de Roger Delarche est intervenue pendant l'une de leurs séances rituelles, et qu'ils l'ont maquillée en meurtre !

— Je n'y crois pas, la maçonnerie n'est pas la sorcellerie. Et dans ce cas, Marc Delarche ne serait pas en fuite. Il n'est pas rentré chez lui et n'est pas passé à la brasserie. J'ai demandé à la juge d'instruction de lancer un mandat d'amener contre lui. Il ne va pas rester longtemps caché. Nous avons maintenant toutes les autorisations pour perquisitionner quand et où nous voulons.

— Je suis désolé d'insister, Commissaire, mais quel usage comptez-vous réserver aux informations que je viens de vous communiquer ? Si elles ne vous semblent pas pertinentes, je vais les exploiter dans mes prochaines publications.

Freslaud se sent piégé par le journaliste et ne souhaite pas s'engager plus encore avec lui. Il reste silencieux quelques secondes. Soudainement, il se souvient de la lecture récente de la biographie d'un repenti et de sa collaboration efficace avec la police. Cet ancien voyou avait négocié avec la Justice l'effacement de ses peines liées à des petits trafics en échange d'informations importantes sur une affaire criminelle. Pour la première et dernière fois de sa carrière, Freslaud va lui aussi devoir accepter un rapprochement police-presse. Plusieurs ministres de l'Intérieur, quelques préfets de police, et des directeurs de SRPJ lui ont ouvert la voie en organisant de tout temps le fuitage d'informations confidentielles dans le but de s'assurer la médiatisation d'arrestations ou de perquisitions dans des affaires sensibles. Et puis, offrir une exclusivité à un journaliste de la presse nationale pour punir la presse locale, qui a osé critiquer son enquête, n'est pas pour lui déplaire.

— Tout travail mérite salaire ! Vous nous offrez une piste à laquelle nous n'avions pas pensé, et pourtant tellement évidente. Nous allons nous rendre sur place afin de procéder à l'audition de Mme Delarche et de ses deux employés. Nous en profiterons pour visiter l'ensemble de la propriété, et pas uniquement les parties accueillant du public.

— Mon contact m'a rappelé que les francs-maçons avaient pour habitude de partager un repas rituel après leurs séances, les agapes. En général, celles-ci se déroulent au plus près de la loge donc, idéalement, elle serait située au-dessus des salles annexes, dans les dépendances des Trois Marches.

Freslaud n'a plus envie de garder pour lui ces précieuses informations. Il demande à ses enquêteurs de venir le rejoindre dans son bureau et d'apporter les éléments du dossier, en particulier les échanges SMS du chef-cuisinier. Jeff en profite pour proposer d'identifier d'autres messages à caractère maçonnique, ce que Freslaud accepte.

Une fois tous ses collaborateurs arrivés, le commissaire leur révèle la découverte de Jeff, et cite les indices qui auraient dû les mettre sur cette piste. Il leur explique qu'exceptionnellement, compte tenu de la sensibilité de cette affaire impliquant une personnalité départementale, il a conclu un accord informel avec le journaliste. L'objectif de cette collaboration inédite est de réfléchir, chacun avec ses propres méthodes, aux hypothèses des circonstances de ce meurtre.

Les enquêteurs, eux aussi blessés dans leur fierté par les révélations de la presse locale, accueillent cette initiative fructueuse avec enthousiasme.

— Catherine, avez-vous relevé d'autres messages méritant que nous les décryptions ?

— Oui, Patron. À plusieurs reprises, le chef-cuisinier parle de la place Luc Besson où son correspondant aurait pris de belles photos de Véné. Nous avons cherché, il n'y a pas de place Luc Besson à Hyères, ni dans les environs. Maintenant que nous sommes en présence d'un milieu franc-maçon, je suppose que Véné est le vénérable-maître de leur loge. Ces photos ont été vendues puisque dans un autre message il en reparle en langage codé. Il indique que la pierre n'est pas cachée au fond de chacun mais, comme d'habitude, sous la pierre protégée par le loup des Agoult, où il faudra la récupérer à midi.

Jeff note précieusement tous ces échanges afin de les soumettre à Michel, en espérant qu'il saura les expliquer. Cordoba propose de ne jamais évoquer ces messages au cours des auditions à venir et de placer les témoins principaux sur écoute téléphonique. Il a besoin de retrouver Marc Delarche et de demander son placement sous contrôle judiciaire, voire sous mandat de dépôt. Craignant un appel de la juge d'instruction à la suite de la publication de l'article lui étant défavorable, Freslaud décide d'accélérer le rythme de l'enquête.

— Madame, Messieurs, réunissez une dizaine de fonctionnaires, du matériel de prises de vues et de prélèvements scientifiques, nous partons dans une quinzaine de minutes au Pont-du-Var.

L'ATELIER

L'arrivée de plusieurs véhicules de police, desquels descendent des hommes en tenue et d'autres en civil, provoque un petit rassemblement de curiosité devant le restaurant. Mireille Delarche tente de s'opposer à l'opération de police décidée par Freslaud. C'est peine perdue, les enquêteurs déchargent leur matériel scientifique et se mettent en place pour procéder aux auditions et inspecter chaque partie de la propriété. La veuve réclame son droit au silence en attendant la présence de son avocat à ses côtés. Freslaud ne peut lui refuser. À l'exception de Paul et de Jean-René qui seront interrogés chacun dans des pièces différentes, les autres membres du personnel sont invités à quitter les lieux pendant au moins une heure. La tension est de plus en plus forte surtout lorsque Cordoba annonce le programme.

— Des informations précises sur les circonstances de la mort de M. Delarche, et la disparition soudaine de son neveu Marc, nous contraignent à vous demander de nous ouvrir la totalité des portes de l'établissement, même les parties privées et celles qui sont louées à des tiers.

— Je m'y oppose, rétorque Mireille.

— Vous n'en avez pas la possibilité chère madame, renchérit Freslaud. Je suis d'ailleurs très étonné que vous puissiez tenter de vous opposer à la manifestation de la vérité qui aboutira dans peu de temps à l'identification de la personne qui a commis, ou plus exactement, commandité le meurtre de votre mari.

— Tout le monde sait que cette manifestation de la Vérité à laquelle vous semblez attaché n'est qu'une procédure judiciaire qui comble les magistrats mais n'aboutit pas à la justice telle que nous serions en droit de l'exiger.

— L'heure n'est pas au débat philosophique madame, prévient Freslaud avec autorité. Comme vient de vous l'expliquer M. Cordoba, nous ne quitterons pas votre établissement sans en avoir visité et inspecté chaque recoin. Ne retardez pas notre travail !

Cordoba tente une dernière fois d'obtenir un début de collaboration de la part des trois personnes restant dans le restaurant.

— Nous allons procéder à une nouvelle audition de chacun d'entre vous. Nous vous poserons des questions pour lesquelles nous connaissons déjà les réponses et dont nous possédons les preuves de leur exactitude. Il vous serait préjudiciable de continuer à nous cacher ce que vous savez. L'étau se resserre autour des responsables de la mort de M. Roger Delarche et toute tentative de dissimulation des informations dont vous disposez sera retenue comme une preuve de complicité.

— Votre méthode est ignoble ! s'insurge Mireille Delarche. Vous nous soupçonnez d'être liés au meurtre de Roger. Comment pouvez-vous venir affirmer une chose pareille à mon domicile ? Paul et Jean-René, puisque ces gens connaissent les réponses aux questions qu'ils vont nous poser, je vous demande de ne pas leur répondre et de ne pas leur ouvrir les portes de l'établissement.

C'en est trop, Freslaud change de ton.

— Votre attitude va me contraindre à faire appel à un serrurier et nous allons ouvrir nous-mêmes toutes les portes de cette grande demeure. D'autre part, votre avocat vous a visiblement expliqué le droit au silence mais il a oublié de vous énumérer les lourdes conséquences d'une entrave à l'exercice de la justice. Messieurs, mes enquêteurs vont maintenant vous entendre séparément. Madame, ma collaboratrice et moi-même allons procéder à votre audition dans votre bureau.

La veuve reste silencieuse pendant de longues minutes mais ne résiste plus lorsque le commissaire évoque la possibilité d'un complot familial. Elle accuse Marc d'avoir menacé son mari lorsque celui-ci envisageait de se séparer de lui à la tête de la brasserie.

— Ce jeune a toujours été un incapable. Il a vécu à nos crochets et a toujours profité de la gentillesse de mon mari. Dernièrement, j'ai réussi à prouver à Roger que les difficultés financières de Chez Fernand n'étaient dûes qu'à son incompétence. Bien que je n'aie jamais vu le détail de la comptabilité de la brasserie, je le soupçonne d'être payé plus généreusement que ce qu'il mérite. Quelques jours avant sa mort, Roger lui a annoncé que nous allions nous passer de ses services. On connaît la suite.

— Vous voulez dire que votre neveu pourrait être à l'origine du meurtre de votre mari ?

— Et pourquoi croyez-vous qu'il soit en fuite ?

— Des personnes bien informées parmi ses proches nous ont indiqué qu'il pourrait s'être réfugié chez vous ! C'est la raison pour laquelle nous allons visiter la totalité de votre propriété.

— Je ne cache pas ce type. Je n'ai plus de contact avec lui depuis des années !

— C'est faux, madame ! Vous l'avez rencontré dernièrement. Assez de mensonges ! Ne m'obligez pas à demander au Procureur de la République votre placement en garde à vue.

L'évocation de cette possibilité provoque une crise de larmes chez Mireille Delarche qui se mure dans le silence. Elle ne parlera qu'en présence de son avocat.

Dans une pièce voisine, Paul Hermon se montre à la

fois plus coopératif et très énigmatique. Il prétend avoir été d'une fidélité exemplaire au couple et de ne jamais s'être mêlé de leur intimité. Cordoba souhaiterait connaître le degré de cette intimité entre Mireille et lui mais Paul refuse de répondre à cette question. Le policier évoque ensuite l'opposition des époux Delarche à propos de leur succession, Roger souhaitant favoriser son neveu Marc, alors que Mireille lui préférait Paul. Une fois encore, l'employé fidèle reste muet indiquant simplement qu'il n'a pas pour habitude de compter sur les morts pour assurer son avenir. Interrogé sur son emploi du temps la veille et le jour de la mort de Roger Delarche, l'homme de confiance de Mireille n'en a plus aucun souvenir. Concernant la disparition des chèques et des espèces issus de la vente de matériels et de mobilier par son patron, il déclare n'en avoir aucune idée. Cordoba comprend que Paul applique à la lettre la consigne de Mireille. Il ne parlera pas, il ne guidera pas les policiers dans l'établissement. Alors l'enquêteur va changer de technique.

— Selon vous, qui dans cette maison, avait intérêt à souhaiter la mort de M. Delarche ?

La question perturbe considérablement Paul Hermon dont le visage se fige au point qu'il baisse la tête devant l'enquêteur. Après quelques secondes d'hésitation, il daigne répondre.

— Je n'ai jamais souhaité la mort de Roger que je considérais comme mon second père. Sa disparition va porter préjudice à Marco puisque Mireille ne s'entendait pas avec lui. Après le décès de Roger, j'ai organisé une rencontre entre les deux mais ce n'était pas une bonne idée. Ils se sont violemment disputés. Roger ne voulait pas se séparer de Marc qu'il appréciait beaucoup pour son courage et son sérieux depuis qu'il s'occupait de la brasserie. Le jour de sa rencontre avec Marco, Mireille lui a déclaré qu'elle avait pour projet de mettre Chez Fernand en gérance. Marc s'est mis en colère et l'a insultée. Je suis intervenu pour le chasser du restaurant.

— Et ?

— Et quoi ?

— Et depuis ce jour-là, personne ne l'a revu !

— Je n'y suis pour rien. Je veux qu'on me laisse en dehors de toutes ces histoires.

— Que connaissez-vous de la franc-maçonnerie et de ses rites M. Hermon ?

— Rien, je n'en connais rien, mais si vous me posez cette question, c'est que vous savez que Roger était l'un des membres imminents de ce département. Mireille et moi avons juré que jamais nous ne parlerions de cette appartenance, ni des réunions régulièrement organisées ici mais le temps est venu de nous libérer de ce secret. Il faut que Mireille parle.

— Qui d'autre que M. Delarche appartenait à cette obédience parmi le personnel ?

— Personne ! Je préparais la salle pour leur repas et

j'entretenais leur local, situé au-dessus de mon logement, mais je n'ai jamais demandé à rejoindre leurs rangs. En revanche, Jean-René souhaitait en faire partie, ce que Roger a toujours refusé.

— Pourquoi avoir refusé si cette personne était intéressée ?

— Parce que Jean-René manque de discrétion. Il a lu beaucoup d'ouvrages sur les loges et un jour, il a voulu fraterniser avec l'un des amis de Roger, ce qui a compromis définitivement ses chances d'y entrer. Comme il nous agaçait en sortant des expressions maçonniques lorsqu'il voulait jouer les intellectuels, il y a quelques semaines, notre patron l'a convoqué dans son bureau pour lui dire qu'il fallait que ça cesse. Sur le coup, Jean-René était contrarié et voulait même démissionner mais Roger l'a ramené à la raison.

— Est-il possible de voir cet atelier maçonnique ?

— Je préfère que vous le découvriez vous-même en ouvrant les portes. Je ne veux pas décevoir Mireille.

Cordoba soumet le procès-verbal de cette audition à Paul Hermon et l'invite à le signer, puis il le laisse sous la surveillance d'un policier. L'enquêteur se rend ensuite auprès de Catherine Barbier qui interroge Jean-René.

Les deux policiers se gardent bien d'évoquer les SMS du chef-cuisinier. Ils préfèrent l'entendre s'exprimer sur les relations entre Mireille et Paul, entre Mireille et Marc et entre Paul et Marc. Sans que les policiers ne lui demandent quoi que ce soit, il évoque une liaison entre Paul et sa patronne puis, sans en mesurer les conséquences, il poursuit par une déclaration étonnante :

— Monsieur était souvent absent du Pont-du-Var. Il avait une confiance absolue en Paul pour le seconder ici. Madame ne posait pas de questions sur les absences de Monsieur, elle était habituée et s'en accommodait. De toute façon, même si elle avait contesté, ça n'aurait rien changé. Il n'y avait qu'un patron ici, c'était Monsieur. Marc profitait lui aussi de cette situation, il a cru un peu trop vite que la brasserie lui reviendrait après la disparition du couple. Madame croyait toujours Monsieur, même quand il lui racontait qu'il allait à la brasserie chaque fois qu'il se rendait à Hyères. Moi, je ne me suis jamais occupé de leurs affaires, mon domaine c'est la cuisine, le reste ne me regarde pas.

Cordoba mesure le degré de manque de discrétion de Jean-René qui parle beaucoup, beaucoup trop. L'enquêteur et sa collègue concluent l'audition de ce témoin avant d'aller retrouver Freslaud. Le premier ne tarde pas à livrer le contenu de l'audition de Paul et la confirmation de l'existence d'un temple à l'étage des salles de séminaires. Freslaud n'a rien obtenu de la part de Mireille qui, malgré l'arrivée de son avocat, n'a répondu à aucune question. La capitaine Catherine Barbier confirme la personnalité perturbée de Jean-René qui s'est adressé à elle avec des mots pompeux et sur le même ton que celui qu'il a utilisé dans ses SMS.

Sous l'autorité de leur patron, les policiers procèdent ensuite à la perquisition de la totalité des locaux des Trois Marches. Paul a demandé à parler à Mireille et l'a convaincue de le laisser ouvrir toutes les portes afin de prouver qu'ils n'ont rien à cacher.

Sans surprise, les enquêteurs découvrent le temple *Les Trois Marches* à l'orient du Pont-du-Var, comme il est indiqué sur la porte. De chaque côté de celle-ci se trouve une colonne et à l'intérieur, au plafond, la voûte étoilée mentionnée dans les messages du cuisinier. Le sol est un joli damier et dans le fond de la pièce a été aménagée une partie surélevée accessible par trois marches. Sur la dernière d'entre elles sont posées deux pierres identiques à celles présentes dans le coffre de la BMW. Plus de doute possible, la piste vers laquelle Jeff a guidé les policiers s'avère être la meilleure. Cordoba veut maintenant connaître les identités des frères se réunissant ici régulièrement. Freslaud, lui, ne change pas d'avis, le crime a été commis par un proche de la victime.

Paul indique aux enquêteurs que le bureau voisin est loué par l'association qui gère le temple, que la porte est sécurisée, et qu'il n'est jamais entré dans cette pièce où se trouvent le secrétariat, du matériel de cérémonie et les archives de la loge.

— Nous avons le prénom et le numéro de téléphone du secrétaire de l'association, je peux lui expliquer ce qu'il se passe ici, et lui demander de vous contacter afin de vous ouvrir leur local, indique Paul, de plus en plus coopératif en voyant les policiers s'intéresser de très près aux activités de cet atelier maçonnique.

Cordoba accepte cette proposition et revient sur la curiosité excessive de Jean-René.

— Votre collègue semble effectivement manquer de discrétion et n'est pas avare de commentaires sur les uns et les autres. Le refus de M. Delarche de le présenter à ses amis aurait-il pu provoquer une haine de sa part vis à vis de votre patron ?

— Non, sur le coup Jean-René a été vexé, mais au fond de lui, il connaît ses limites intellectuelles.

Freslaud retrouve un début de sourire lorsqu'il quitte Les Trois Marches et se confie à Catherine et Cordoba en reprenant la route vers Hyères.

— Nous ne sommes pas venus pour rien. L'info de votre ami journaliste était la bonne. Nous allons maintenant avancer très vite. Je pense que nous pouvons lui proposer de passer lui donner quelques détails sur nos découvertes et lui montrer que nous n'avons aucune hostilité à son égard.

CATHERINE

Il y a des jours où Freslaud est surprenant. Comme le temps passé aux Trois Marches a été productif, il ne cache pas sa satisfaction. Sur le chemin du retour, il propose à Catherine et Cordoba de passer par le port Saint-Pierre pour fêter cette avancée de l'enquête autour d'un café. Catherine est surprise. Cordoba, qui connaît bien son patron, sait qu'il a une autre idée derrière la tête.

La policière profite du trajet pour partager son ressenti sur ces auditions et les constatations effectuées lors de la visite du restaurant et de ses dépendances.

— Les trois personnes que nous avons interrogées ont des personnalités très différentes, voire incompatibles, et pourtant, elles donnent l'impression d'être complémentaires. Paul et Mme Delarche ont depuis longtemps dépassé la relation employeur-employé mais je ne pense pas qu'ils soient amants contrairement à ce que prétend à demi-mot le cuisinier. Celui-ci me trouble, à la fois dans sa façon de s'exprimer, mais plus encore dans sa générosité en précisions et commentaires contre les personnes de son entourage. Maintenant que nous connaissons sa déception de ne pas avoir été accepté dans la loge, je vais reprendre tous ses messages et les décrypter. C'est en révélant ses messages à Mireille, à Paul et à Marc lorsqu'il aura été interpelé que nous briserons leur silence.

Freslaud ne comprend pas la stratégie de son enquêtrice alors que Cordoba semble valider cette initiative.

— Je ne saisis pas votre démarche. Vous pensez que ses SMS ne sont pas si innocents et loufoques qu'ils en ont l'air ?

— Exactement ! Contrairement à ce que nous a déclaré Paul, ce type n'a pas simplement été vexé d'avoir été blackboulé par les membres de la loge, il a beaucoup de rancune envers eux. Je le soupçonne de se croire indispensable au restaurant. Selon lui, son patron était trop souvent absent, Mme Delarche ne sait pas diriger la maison toute seule, Paul Hermon est beaucoup trop payé pour ce qu'il fait, quant à Marc Delarche, à ses yeux, il est tout simplement incompétent.

— Moi, c'est Paul Hermon qui m'intrigue, ajoute Cordoba. Voilà un homme qui, officiellement, n'a pas d'autre ambition que de passer sa vie au service des Delarche, en se contentant d'entretenir les locaux, d'effectuer les petites réparations, de faire les courses et de véhiculer son patron. Il en oublierait presque l'héritage qui lui est pratiquement acquis depuis la disparition de Roger Delarche et la fuite de Marc. Il faudrait estimer la valeur de cet héritage. Il est inimaginable que cette personne n'y pense pas et ne trouve pas un intérêt à la situation.

À son tour, Freslaud apporte sa contribution à la réflexion commune en livrant ses impressions.

— Après avoir longuement entendu Mireille Delarche, et l'avoir observée pendant tout ce temps, je ne la crois pas si malheureuse qu'elle le dit. Elle évoque trop souvent la vente de la brasserie, le licenciement de son neveu et son départ du Pont-du-Var afin de nous inciter à nous apitoyer sur son chagrin de veuve. Je suis d'accord avec vos propositions, il faut estimer le montant que représenterait la vente de la brasserie et du restaurant. Il faut également décrypter tous les messages de cet illuminé et il faut surtout intensifier les recherches pour retrouver Marc Delarche. S'il n'est pas à la Madrague, ni au port, ni au restaurant, il peut être hébergé chez des amis ou effectivement en fuite. Vous allez le pister grâce à l'utilisation de sa carte bancaire. Il va rapidement avoir besoin d'argent.

Cordoba est inquiet pour Marc Delarche. Il pensait vraiment le trouver au Pont-du-Var, protégé par Paul ou Jean-René. Sa disparition ne ressemble pas à une fuite.

— Nous savons que Jean-René n'a pas été accepté dans la loge, mais qu'en est-il de Marco ? Et si, en plus d'être son oncle, Roger était son parrain ? Il faut vraiment avoir accès au secrétariat de cette loge !

À l'approche d'Hyères, Freslaud étonne plus encore ses passagers en leur proposant d'inviter Jeff à les rejoindre.

— Vous n'y pensez pas, Commissaire ? interroge Catherine. Que nous entretenions de bonnes relations avec ce journaliste, c'est une chose, mais je ne pense pas que ce soit une bonne idée de s'afficher avec lui en terrasse d'un café sur le port.

— Vous avez raison ! Nous allons le retrouver au Ceinturon. L'endroit est discret et nous pouvons même nous stationner à l'arrière. Je propose cet endroit parce que je n'ai pas envie qu'il vienne tous les jours au bureau. Et puis, en le rencontrant hors du commissariat, nous ne risquons pas de subir sa curiosité ou qu'il obtienne d'autres informations que celles que nous souhaitons lui communiquer.

Le commissaire sait qu'il ne peut plus éviter la diffusion de l'affaire dans la presse nationale. Jeff n'acceptera pas de reporter plus encore la révélation de ce qu'il connaît de l'enquête. Freslaud s'est engagé à le voir à l'issue de la visite et des auditions réalisées aux Trois Marches.

— Cordoba, appelez Jeff et proposez-lui de nous recevoir dans le salon de son hôtel à l'Ayguade.

— Et s'il refuse ?

— Et pourquoi refuserait-il ? Il n'a aucune raison de

refuser. D'abord, parce que rien n'interdit à un policier et à un journaliste de se retrouver autour d'un café puis, dans le cas présent, il est en attente de nos informations, donc il va accepter.

Le commissaire avait raison, quelques minutes plus tard, Jeff confirme sa présence à l'hôtel où il pourra recevoir les policiers.

— Bon, voilà qui avance bien ! Je me réjouis de savoir que Madame Somar va apprendre par BFM que nous sommes sur la bonne piste. Et nous n'aurons même pas eu à lui demander son accord pour organiser un point-presse.

La voiture banalisée des policiers est arrivée avenue des Sirènes dans le quartier de l'Ayguade. Les trois fonctionnaires en sortent, traversent la cour de l'hôtel-restaurant et retrouvent Jeff. Freslaud salue M. et Mme Madoni, surpris d'assister à cette rencontre inhabituelle, puis s'installe à table face à Jeff et lui explique le sens de cette visite.

— Nous venons fêter avec vous notre déplacement fructueux au Pont-du-Var. Merci pour cette information. Comme je m'y étais engagé, nous allons vous décrire l'ambiance et ce que nous avons trouvé sur place mais tout ceci reste pour l'instant hors stylo, évidemment.

L'utilisation de l'expression « hors stylo » par Freslaud permet d'indiquer au journaliste qu'il n'accepte pas d'être cité dans les reportages qui seront envoyés à la presse nationale. Aucun problème, le journaliste se contentera de diffuser les informations sans oublier d'indiquer : « selon une source proche de l'enquête ... » et sans jamais citer de nom ou de fonction.

— Évidemment, Commissaire ! Vous pouvez compter sur ma discrétion. Alors ? Il y a bien un lieu de réunions pour les francs-maçons ?

— Exactement ! Très joli temple situé à l'étage de l'appartement occupé par Paul Hermon. Il nous faut maintenant obtenir la liste des membres et connaître la fonction exacte de Roger Delarche.

— Et Marc Delarche ?

— Aucune trace ! Il n'est pas là-bas et n'a toujours pas utilisé son téléphone. Je ne vous apprends rien en vous indiquant que nous allons pister sa carte bancaire. Soit il est protégé par des proches, soit il a quitté la région. Je ne vois pas comment il va pouvoir tenir ainsi. Il faut un réseau et beaucoup d'argent en espèces pour réussir à fuir longtemps. Il n'a pas préparé sa cavale, je ne suis pas inquiet, il va bientôt nous revenir entre deux policiers !

— Les auditions des principaux témoins vous ont confortés dans votre idée ?

— Complètement, répond Catherine. Là encore, les expertises vont continuer de nous livrer les secrets des trois personnes interrogées aujourd'hui. Chacune possède une part de mensonge. Les messages quasi-codés de Jean-René sont en réalité des accusations contre certains. À nous de trouver leur signification, ce sera sûrement passionnant.

— Mon ami Michel connaît parfaitement la ville et possède une culture très vaste. Il se fera un plaisir de nous aider. Adressez-moi la copie de ces messages codés.

La suite de la rencontre se déroule dans une ambiance plutôt décontractée. Les policiers réussissent même à blaguer en décrivant les coulisses de ce restaurant haut de gamme, et plus encore en citant quelques réponses du chef-cuisinier. Puis, c'est le retour au commissariat pendant que Jeff regagne sa chambre et s'installe devant son ordinateur.

Le journaliste est comblé. Les dernières indications de Freslaud vont lui permettre de rédiger plusieurs papiers à destination des grands médias nationaux. Son séjour et les frais qu'il entraîne seront largement remboursés.

Installé devant son Mac, entouré de ses notes et d'un plan de Hyères, il rédige un article de fond sur ce meurtre. Pour cela, il rappelle les conditions de la découverte du cadavre abandonné dans le coffre de la BMW. Il présente ensuite la victime et son entourage en insistant sur la rivalité entre Marc et Paul, héritiers potentiels de la totalité des biens et de la fortune des époux Delarche.

Enfin, il énonce les pistes sérieuses en s'attardant sur la présence de l'atelier maçonnique Les Trois Marches au sein du restaurant du même nom.

Sa conclusion insinue que c'est parmi les membres de

cette loge que se trouve l'assassin ou celui qui a commandité ce meurtre. Sans citer le nom de Marc Delarche et sans évoquer son lien de parenté avec la victime, Jeff indique qu'un témoin important est activement recherché et qu'il pourrait s'agir de l'auteur ou de l'instigateur du crime.

Journaliste expérimenté, spécialiste des faits divers et des affaires criminelles, il relie plusieurs fois son article, en modifie quelques passages afin de ne pas s'exposer à une plainte de Mireille Delarche ou des responsables de la loge maçonnique. Cette prudence concerne également les informations fournies par Freslaud et son équipe. La version papier étant définitive, il en enregistre une pour les radios. Commence alors la vente proprement dite auprès de ses contacts au sein de différentes rédactions.

— Il y a du nouveau dans l'affaire du restaurateur retrouvé mort dans le coffre de sa voiture à Hyères. Les policiers sont sur la piste des assassins. Il pourrait s'agir d'une embrouille au sein d'une loge. L'une des personnes que les enquêteurs souhaitaient entendre a pris la fuite. J'ai rédigé un article de fond en reprenant le fil de l'enquête et j'ai quelques photos. Tu en dis quoi ?

Son interlocuteur est très intéressé par le sujet et souhaiterait obtenir l'exclusivité de sa publication.

— Je sais que si tu me proposes ton papier, c'est que c'est du lourd. Il m'intéresse mais, tu comprends, à la seule condition que je sois le seul à le publier.

Débute alors une négociation rapidement interrompue par Jeff lui-même, au moment où il reçoit par mail des réponses positives à ses offres.

Moins de deux heures plus tard, les chaines d'info, les médias traditionnels et les réseaux sociaux évoquent largement l'affaire.

Au Palais de Justice de Toulon, Colette Somar est rapidement informée de la diffusion de ces informations et découvre que les policiers se sont rendus au Pont-du-Var, sans l'informer, pour y mener une opération de police et tenter de mettre la main sur Marc Delarche. Elle appelle aussitôt Freslaud qui doit également affronter le mécontentement des journalistes locaux et régionaux, furieux d'avoir été grillés par la presse nationale. Sébastien, le journaliste du quotidien régional prétend posséder des informations qu'il réservera à ses lecteurs, à la fois sur le site internet du journal et dans l'édition du lendemain.

— Je n'ai jamais communiqué avec les médias que vous citez, Madame le juge. Il s'agit vraisemblablement de fuites internes ou d'une enquête réalisée par un journaliste du coin auprès des voisins du restaurant. Madame Delarche était assistée par son avocat, peut-être veut-il gêner l'instruction en provoquant une pression médiatique ? Je peux vous rassurer, nous avons mené nos auditions et nos perquisitions dans le respect absolu des procédures.

— Le ministère va suivre lui aussi cette affaire de près, s'inquiète Mme Somar. Je veux que vous me rendiez compte quotidiennement, et plus si besoin, de votre progression dans l'identification puis de l'arrestation des auteurs de ce meurtre.

— Comptez sur moi, Madame le juge.

Catherine Barbier vient d'entrer dans le bureau du patron avec des documents en main. C'est une nouvelle fois les SMS de Jean-René qui la troublent. Elle a découvert que le cuisinier et Paul en avaient échangés, avant la mort de leur patron. Ils évoquaient une somme d'argent en espèces à récupérer par Paul auprès de Roger Delarche. Ils précisaient qu'il faudrait la partager avant qu'elle profite à la veuve.

Pour elle, il est devenu urgent de convoquer les responsables de la loge Les Trois Marches et d'exiger des explications de Jean-René à propos de ses mystérieux messages.

LE CHÂTEAU

Le lendemain matin, Freslaud est à peine arrivé à son bureau que la pression médiatique s'intensifie. À la suite des publications de Jeff, plusieurs journaux nationaux, radios et chaînes de télévision ont dépêché des équipes sur place. Les demandes d'interviews se multiplient.

Colette Somar autorise Freslaud à communiquer mais uniquement dans le but de valoriser la collaboration efficace de la police et de la justice, ce qui déplaît fortement au commissaire. Il lui est interdit d'indiquer une piste plus qu'une autre, d'autant que le Grand Maître de l'obédience à laquelle l'atelier Les Trois Marches est rattaché a contacté la Juge d'instruction et s'est ému de la tournure que prenait l'enquête. Il lui a rappelé que le fameux secret, à l'origine de tous les fantasmes sur la franc-maçonnerie, n'était qu'un symbole parmi d'autres et qu'il n'avait aucun lien avec une activité criminelle.

Freslaud réunit ses enquêteurs afin de déterminer une

stratégie de communication, et décider ensemble des éléments de langage à utiliser par tous.

Catherine va provoquer la colère du commissaire.

— Avant d'harmoniser nos discours, je vous informe que je souhaite placer Paul Hermon et Jean-René en garde à vue !

— Vous n'y pensez pas ! Nous avons la presse nationale qui campe devant le commissariat et vous allez convoquer ces deux-là pour les placer en garde à vue ! Il faudra expliquer aux journalistes quels éléments nous auront encouragés à prendre cette décision. C'est de la pure folie ! Je vous rappelle que la juge ne souhaite pas que nous privilégions une piste plutôt qu'une autre devant les médias. Il faut prendre le temps de la réflexion !

— Je suis désolée, Patron, mais l'urgence c'est de retrouver Marc Delarche, et nous devons également comprendre les messages échangés entre les deux autres.

— Qu'est-ce qui vous incite à les convoquer aujourd'hui ? Avez-vous de nouveaux éléments ?

— Oui ! Les écoutes téléphoniques et la lecture des derniers SMS deviennent de plus en plus étonnants. Jean-René correspond uniquement avec un certain Jean Caillou qu'il appelle Caillou. Les recherches ont permis d'identifier cet individu. Il s'agit d'une petite frappe marseillaise. Un voyou des quartiers nord qui a travaillé dans un restaurant du côté de la gare Saint-Charles, en même temps que Jean-René. Cela fait deux mois qu'ils ont repris contact. Ils se sont vus dans un bar de la Belle de Mai à Marseille, et depuis, leurs messages sont plus ou moins codés. Il est urgent que l'ami de Jeff nous éclaire sur leur contenu.

Le commissaire ne veut pas rappeler le journaliste alors que la presse nationale est maintenant omniprésente sur le terrain. Cordoba n'est pas de son avis.

— Au contraire, il faut profiter de cette présence pour accentuer la pression sur les proches de Delarche. Plus nous décrypterons les messages, plus nous pourrons laisser fuiter des informations. Très rapidement, Mireille et son avocat seront sollicités et là, nous utiliserons leurs déclarations pour avancer. Cette femme a une totale maîtrise sur ses deux employés. Il faut la pousser à la faute en fragilisant Paul ou Jean-René. C'est en exerçant une pression sur eux que nous réussirons à l'atteindre.

— Je n'ai jamais pratiqué le billard à trois bandes ! s'emporte Freslaud. Je ne compte pas sur un événement pour en déclencher un autre. Allons droit au but, mais ne plaçons pas trop vite ces deux-là en garde à vue !

— Patron, vous devriez vous intéresser à ce que disait Edward Lorenz à propos du lien qui existe entre différents événements, et qu'il a nommé « l'effet papillon ».

— Je me moque de votre Édouard Laurence et de ses papillons, celui qui m'intéresse c'est Marc Delarche ! Catherine, je suis finalement de votre avis, si nous voulons avancer vite, il nous faut mobiliser les moyens locaux. Avant de convoquer Paul et Jean-René, vous allez contacter discrètement Jeff et lui proposer de soumettre les mystérieux messages à son contact. Ce n'est que si ces SMS nous apportent un début de preuve de culpabilité de l'un ou de l'autre que nous les placerons en garde à vue.

Catherine a gagné. Elle a maintenant les mains libres pour aller au bout de son raisonnement. Cordoba la soutient. Il pense également que le manque de discrétion de Jean-René va leur permettre de tirer sur le bon fil et les conduire à Marc Delarche puis à la résolution de cette affaire.

Sans perdre plus de temps, elle appelle Jeff et lui demande s'il accepterait encore de la recevoir assez rapidement au Ceinturon.

— Si vous me proposez cette rencontre à domicile, c'est que vous ne souhaitez pas communiquer avec mes confrères. De quoi s'agit-il ?

— Nous avons extrait d'autres passages intéressants dans les SMS de Jean-René. Si votre ami acceptait de collaborer à l'enquête en nous donnant son avis sur leur signification, nous avancerions très vite.

— Et que me proposeriez-vous en échange ? Vous avez remarqué que la concurrence est devenue rude avec l'arrivée de mes confrères. Je suis preneur d'infos qu'ils n'auront pas.

Catherine n'aime pas du tout cette façon d'agir de ce journaliste sans scrupules mais pourquoi refuserait-elle un deal initié par son patron et qui a déjà porté ses fruits lors de la perquisition aux Trois Marches ?

— Le commissaire Freslaud nous a confirmé la confiance qu'il avait en vous. Il apprécie beaucoup votre travail d'investigation. Il serait normal, évidemment, que vous ayez connaissance de l'efficacité du service que nous aura rendu votre ami.

— Dans ce cas, apportez-moi ces messages. Je vais les soumettre à Michel qui, j'en suis persuadé, ne tardera pas à en comprendre la signification s'ils correspondent à des références historiques ou ésotériques.

Lorsqu'elle arrive à l'Ayguade pour rencontrer Jeff au bar du Ceinturon, la capitaine de police se montre très prudente. Sous couvert d'une aimable discussion autour d'un verre, Jeff tente d'actualiser ses connaissances concernant l'enquête.

— La veuve s'est-elle manifestée depuis votre visite aux Trois Marches ? Je me demande vraiment ce qui la pousse à protéger Paul, l'amour peut-être ?

— Le patron a raison, vous êtes très fort ! lui répond Catherine. Malheureusement, je ne pourrai parler librement de tout cela qu'une fois le ou les auteurs de ce crime sous les verrous. Et pour cela, il nous faut comprendre ces allusions codées.

Une dizaine de messages sont réunis sur deux feuilles. On y retrouve la même prose que dans les précédents. Catherine aimerait comprendre quatre d'entre eux. Le premier reçu par Jean-René est ancien : « Les photos de Véné place Luc Besson sont top. Caillou veut ses cailloux ». La réponse de Jean-René est curieuse : « Ah mon Caillou, la pierre cachée n'est pas au fond de chacun mais, comme d'habitude, tu la trouveras sous la pierre protégée par le loup des Agoult. Tu pourras la récupérer à midi puis filer mais évite les Roumpicuou, passe par la vieille rue ». Il y a aussi cette déclaration étrange : « Le couvreur ne pourra pas être présent chez les écossais. S'il me demande de le remplacer pour ouvrir, il faudra reporter le travail à la prochaine date ». Enfin, Caillou lui a écrit ces derniers jours : « La viande a été déposée dans la glacière, il te reste à me payer », ce à quoi Jean-René a répondu : « Évidemment. C'est triste mais tant pis ! L'essentiel est que personne ne la trouve avant qu'elle soit mangée ».

Jeff ne comprend absolument rien à ce charabia mais, comme Catherine et Cordoba, il mesure l'importance de ces phrases, et la maladresse de leurs auteurs s'ils ont évoqué l'affaire dans leurs échanges.

— Sait-on qui est ce Caillou avec lequel il échange régulièrement par SMS ?

— Oui, et ce n'est pas rassurant ! Caillou est le surnom d'un petit voyou marseillais qui est également appelé Jean-Caillou, mais qui, en réalité, se nomme Jean-Pierre Facceti. Il est connu pour des vols d'alcool, de cigarettes et de jeux à gratter de la Française des Jeux dans de nombreux bar-tabacs des Bouches du Rhône.

— Jean-René a pu être piégé par ce type qui s'intéressait à la brasserie du port ?

— À l'heure actuelle, nous n'en savons rien, mais ce qui est évident, c'est que le silence de Jean-René et de Paul prouve leur complicité avec ce type. Nous ne comprenons pas le silence de Mireille. Il nous faut lever le mystère de ces échanges.

— Je ne vous promets rien Catherine, je vois avec Michel et je vous recontacte.

— Puis-je compter sur votre discrétion concernant tout ce que je viens de vous dire ?

— Promis, je tiendrai ma langue et ma plume mais ne m'oubliez pas lorsque vous aurez fait bon usage de ce que mon ami vous aura dévoilé.

Il ne faut pas longtemps à Michel pour décrypter ces messages que tout Arbanais, habitant depuis quelques temps sur la presqu'île de Giens, pourrait en partie traduire. Le vieux sage plisse ses yeux malicieux, arbore un sourire de vainqueur derrière sa barbe argentée, avant de livrer les secrets de ces phrases pas si mystérieuses.

— Il y a quelques années, Luc Besson a tourné une scène du Grand Bleu au Port du Niel sur la presqu'île. L'équipe de tournage appréciait la terrasse du Niel, le bar situé sur le quai du port. Depuis, au-dessus des places qu'occupait le réalisateur, il y a une plaque en bois indiquant Place Luc Besson. Véné, puisque les précédents messages évoquaient la franc-maçonnerie, c'est celui qui dirige un atelier, un président en quelque sorte. Je ne vois pas d'autre explication.

Jeff commence à mesurer l'importance de ces SMS en reliant ce que dit Michel à ce qu'il sait déjà. Le Véné, c'est Roger Delarche que Caillou a réussi à photographier au Port du Niel en compagnie de Julie. Doit-il révéler cette liaison amoureuse aux policiers ou l'utiliser dans ses prochains papiers ? Un cas de conscience auquel il réfléchira plus tard. Michel poursuit la lecture des messages avec le même sourire.

— Lorsque j'étais en forme, j'allais à vélo jusqu'à l'extrémité de la presqu'île, je descendais jusqu'au Port du Niel puis, je remontais au centre du village de Giens pour admirer le panorama des Salins que nous offre la terrasse de l'ancien château.

Par respect pour le vieil homme, Jeff n'ose l'interrompre mais il ne voit pas le lien entre ses exploits cyclistes et les messages de Jean-René.

— Ça représente pas mal de kilomètres l'aller-retour et la montée dans le centre du village ! commente Jeff aussitôt repris par Michel.

— Je ne vous dis pas cela pour me glorifier. Je vous parle de l'ancien château où j'aimais effectuer une longue pause. Il appartenait à la famille Pontevès qui, avec la famille Agoult, étaient les deux familles les plus riches de Provence. Sur place, il ne reste qu'un autel en pierre sur lequel sont sculptées leurs armoiries, dont le loup des Agoult. Le message, en plus de se moquer de l'évocation philosophique de la pierre cachée des francs-maçons, me fait penser à de l'argent qui aurait été déposé sous cet autel pour payer l'auteur des photos prises au Niel. Ce devait être des photos compromettantes.

Plus Michel avance dans la traduction des phrases imprimées sur les feuilles, plus Jeff regrette d'avoir promis à Catherine de ne pas les exploiter avant qu'elle lui en donne l'autorisation.

— C'est quoi selon vous, Michel, les Roumpicuou ?

— Ah, ce sont les escaliers qui permettent de quitter l'ancien château de Giens sans repasser par la place Saint-Pierre et tous ses commerces. Si vous êtes stationné sur le petit parking du village, il faut préférer la vieille rue de Giens qui passe devant le bibliorue.

— Donc l'auteur de cette petite phrase invitait-il son destinataire à ne pas être vu à Giens ?

— Si vous traversez la place, vous passez devant la réception de l'hôtel Le Provençal, puis devant toutes les boutiques du village. C'est effectivement plus discret de filer de l'autre côté, surtout si vous venez de photographier une personne qui pourrait vous revoir une seconde fois et mémoriser votre visage.

Concernant la référence aux Écossais, Michel est formel et il invite Jeff à découvrir le centre ancien d'Hyères.

— Il faut me suivre dans le centre médiéval. C'est beau et avec le parcours des arts, vous allez découvrir de nombreux créateurs et artisans d'art.

— Malheureusement, je n'ai pas trop de temps pour les visites en ce moment.

— C'est dommage, vous pourriez voir de belles propriétés anciennes, des ruelles étroites et des places pleines de charme, le tout extrêmement riche sur le plan architectural. Et puis, je vous ferais passer devant le lieu de réunions des Écossais de Saint-Jean, un atelier maçonnique actif, et très bien fréquenté.

— Vous voulez dire qu'il y a une loge maçonnique dans le centre d'Hyères ?

— Il y en a plusieurs, mais c'est à celle-ci qu'il est fait référence dans ce message.

Jeff ne tient plus en place. Pour la première fois de sa carrière, il en connaît plus que les policiers sur une affaire criminelle et ne peut rien publier. Il s'en veut d'avoir donné sa parole de ne pas révéler les informations en sa possession, pas avant d'avoir obtenu le feu vert de Catherine. Il a du mal à accepter que sans elle, il n'aurait pas découvert ce que Michel est en train de lui confier. Tout ce que traduit le vieux sage est cohérent.

— Si je comprends bien, s'interroge Jeff, le travail évoqué dans ce message pourrait être un mauvais coup porté à Roger Delarche qui devait parfois visiter la loge d'Hyères ?

— Je n'en sais rien. Il faudrait interroger les personnes qui en font partie. Le message ne parle pas de mauvais coup.

Le message non, mais Jeff sait que tout est lié et que Jean-René est celui qui est à la manœuvre. Il faut au plus vite qu'il prévienne les policiers et qu'il négocie la publication d'un sujet de fond pour les médias qui lui achètent ses papiers.

— Et cette histoire de viande dans le frigo ?

— Je ne comprends rien à ce message. Peut-être est-ce, pour une fois, un message professionnel. La seule glacière que je connaisse, elle est située en bordure de la piste cyclable que j'ai si souvent empruntée, entre l'Ayguade et les Salins, je vous parle des Vieux Salins d'Hyères à l'est de la ville. Il s'agit en fait d'un ancien blockhaus que de très nombreux Hyérois appellent à tord une glacière. Il est impossible d'y entrer mais si l'on veut se débarrasser de quelque chose, comme une arme ou un objet compromettant, il est possible de le jeter par-dessus le mur et personne n'ira le chercher là.

Jeff est saisi de stupeur, il croit comprendre ce qui se cache derrière ces mots.

— Serait-il possible d'y jeter le corps d'un homme en espérant qu'il soit rapidement mangé par les animaux ?

— Oh, vous êtes horrible ! J'espère que tel n'était pas le projet de ces voyous pour se débarrasser du corps de leur victime.

Jeff ne pense pas à Roger Delarche mais à son neveu, Marc. Jean-René serait-il le commanditaire du meurtre de Roger Delarche puis de celui de son neveu ?

Jeff remercie Michel de lui avoir fourni toutes ces précieuses explications qui vont permettre aux enquêteurs et à lui-même d'avancer dans leur travail.

Il ne prend même pas le temps de rentrer à l'Ayguade et appelle immédiatement le commissariat dans le but de parler à Catherine, Cordoba ou Freslaud.

L'agent d'accueil lui passe Cordoba.

— J'ai du lourd, du très lourd, mais je ne veux pas être grillé par mes confrères, parce que ce que je vais te donner, vous ne l'auriez jamais trouvé sans moi.

— Assez de cachoteries, Jeff ! Tu as trouvé quoi ?

— J'ai peur que ce ne soit pas quoi mais plutôt, qui ?

— Parle ! Tu en as trop dit ou pas assez !

— Je pense que Marc Delarche a été tué par les mêmes personnes qui ont assassiné son oncle.

LA GLACIÈRE

Cordoba s'empresse d'aller annoncer à Freslaud ce qu'il vient d'apprendre. À peine entré dans le bureau de son patron, il constate son humeur massacrante face à la pression médiatique et aux demandes incessantes du Parquet.

— Que voulez-vous encore Cordoba ? La juge d'instruction va nous retirer l'enquête et la confier au SRPJ. Elle nous trouve inefficaces et, avant demain midi, elle veut un point précis sur les éléments fiables que nous avons réunis dans le dossier, et mon avis sur la disparition de Marc Delarche. Je lui dis quoi, moi ?

— Avant ce soir, vous pourrez lui dire que nous avons retrouvé Marc Delarche et placé les assassins de Roger en garde à vue.

— Qu'est-ce que vous me raconter ? Vous devenez cinglé ou quoi ?

— Jeff vient de m'appeler. Il veut que nous allions le

rejoindre discrètement au Ceinturon. Il prétend avoir trouvé le cadavre de Marc et connaître les auteurs du double meurtre des Delarche.

— Et vous y avez cru ! Je me méfie de ce type. Il est comme tous les autres, il doit avoir une autre idée en tête. Et qui va être ridiculisé s'il nous piège pour publier un scoop ? Le commissaire Freslaud !

— Il y a deux jours, selon vous, il était génial, et maintenant il faut s'en méfier. Je pense que nous ne prenons aucun risque à aller le rencontrer. Sa seule exigence est de conserver l'exclusivité de la médiatisation de ce rebondissement, si rebondissement il y a.

— Ces journalistes commencent à me plaire. Lui, comme ses confrères n'auront plus rien de ma part. Dans quelques heures, nous serons dessaisis de cette enquête et nous n'entendrons plus parler de Delarche ni de Jeff.

— Raison de plus pour tout tenter pendant que nous sommes encore chargés de l'enquête ! Il nous a donné un bon tuyau à propos de la présence des francs-maçons aux Trois Marches, je lui fais confiance. Si ce nouveau renseignement est bon, vous serez en position de force face à Mme Somar et nous conserverons le dossier jusqu'à l'arrestation des assassins.

Freslaud retrouve son sang-froid et accepte d'entendre ce que le journaliste veut leur proposer. Au point où il en est avec cette enquête qui piétine, il n'a plus rien à perdre.

— OK, allons-y ! Demandez à Catherine de nous accompagner. Prévenez Jeff de notre arrivée et précisez-lui que je n'ai pas de temps à perdre. Je ne veux pas me déplacer pour rien.

Jeff a obtenu de Mme Madoni la mise à disposition d'une petite salle à l'écart de la clientèle. Dès l'arrivée des policiers, le journaliste d'investigation impose ses conditions, à savoir, l'exclusivité des images des opérations de police à venir et l'annonce de l'arrestation des coupables. Conditions immédiatement acceptées par le commissaire.

— Mon ami Michel a décrypté les messages. Ses interprétations prouveraient la complicité du cuisinier et de Paul Hermon dans l'agression de Roger Delarche. Mais il y a pire ! Si ce qu'il pense se vérifiait, Marc Delarche aurait lui aussi été assassiné et jeté dans les ruines d'un blockhaus, entre ici et les Salins.

Les policiers sont à la fois incrédules et enthousiasmés en entendant cela.

— Comment votre ami peut-il affirmer une chose pareille ? s'inquiète Freslaud.

— Laissez-moi vous expliquer ce qu'il a compris à la lecture des mystérieux messages. La place Luc Besson n'est pas une place publique, mais une place en terrasse au café du port du Niel. C'est là que Roger Delarche retrouvait Julie, la meilleure amie de Marc, avec laquelle il entretenait une relation amoureuse. Les phrases codées prouvent que Jean-René a payé un voyou marseillais pour photographier les amoureux avec certainement l'intention de les faire chanter.

— Visiblement ça a fonctionné, ajoute Catherine. Dans l'un des messages, Paul et Jean-René évoquent une somme d'argent à récupérer auprès de Delarche avant qu'elle ne soit remise à la veuve. Hermon était également complice.

Freslaud propose une autre hypothèse.

— Avec son caractère, Delarche a certainement refusé ce chantage et l'a payé de sa vie. Mireille, ayant appris cette infidélité, a organisé la suite du drame pour prendre le contrôle des deux établissements en éliminant également le neveu. Si nous découvrons le corps de Marc Delarche, nous allons procéder immédiatement à l'arrestation de tout ce petit monde.

Jeff indique que, selon son ami, ce message à propos de l'argent de la veuve évoque plutôt le « tronc de la veuve », la caisse de solidarité alimentée par la générosité des membres d'une loge.

Freslaud souhaite se rendre immédiatement à ce blockhaus, boulevard du front de mer, afin de constater ou pas la présence d'un corps. Catherine propose de laisser Jeff terminer ses explications.

— Il y a un autre point qui me semble important à vérifier. Lorsque Jean-René parle du couvreur qui ne pourra pas être présent chez les Écossais et que le travail devra être reporté, il pourrait s'agir là encore d'une loge se trouvant dans le centre ancien d'Hyères. Roger Delarche ayant manifestement été le vénérable-maître de sa loge, il occupait à présent le poste de couvreur, une des fonctions essentielles consistant pour ce maître de garder la porte du temple muni d'une épée. Souvenez-vous que lorsqu'il a été découvert dans le coffre de la BMW, le corps de Roger était posé près d'une épée, de deux pierres et d'une longue corde, des objets nécessaires au couvreur pour ouvrir une réunion maçonnique.

Catherine comprend qu'un guet-apens était prévu à l'issue de la tenue. Comme Jean-René venait d'apprendre que Roger Delarche ne s'y rendrait pas, il prévenait Caillou que l'agression était reportée à la prochaine réunion de cette loge.

Cette fois, Freslaud n'a plus de doute concernant les motivations du journaliste. À l'instar des fins limiers de la police, c'est un jeu pour lui d'enquêter jusqu'à trouver les réponses à ses questions.

— Ne perdons plus de temps, allons vérifier sur place. Demandons aux patrouilles actuellement en ville de venir se poster à l'angle de l'avenue Decugis et aux Salins. Si nous découvrons le corps sans vie de Marc Delarche à l'endroit indiqué, nous bloquerons le boulevard. Il faudra également envoyer trois équipes interpeller Mireille, Paul et Jean-René. Enfin, je demanderai aux collègues marseillais de nous amener ce petit truand surnommé Caillou.

Exceptionnellement, peut-être pour le remercier,

Freslaud invite Jeff à se rendre avec eux au lieu indiqué.

À l'approche du blockhaus, un mélange d'excitation et d'angoisse s'empare des policiers qui se préparent à toute éventualité. Soit le cadavre se trouve là et c'est un incroyable rebondissement, soit il n'y a rien et le reste des explications de Jeff et de son ami Michel n'aura aucune valeur. Ils seront alors dessaisis du dossier d'enquête.

Cordoba stationne le véhicule de police à l'entrée du parking des Citronniers afin de ne pas attirer l'attention des automobilistes passant sur le front de mer.

À moins de cent mètres de là, en contrebas de la piste cyclable, la ruine n'est accessible qu'à pied. Elle ne possède aucune entrée. Aidé par Jeff et Freslaud, Cordoba se hisse sur le mur d'enceinte d'une hauteur de deux mètres environ. Le suspense ne dure qu'une demi-seconde.

— Il est là ! se contente de préciser Cordoba. Il a été jeté au milieu de la végétation, la face contre le sol.

Freslaud reste figé quelques secondes. Il s'approche de Jeff en le fixant dans les yeux et ne lui adresse qu'un seul mot « Bravo ! ». Puis il redevient le patron.

— Bloquez-moi le boulevard, je ne veux aucun véhicule, aucun journaliste, aucun badaud. Cordoba, passez les messages. Je veux que trois équipes partent immédiatement interpeller les auteurs de ces crimes. J'appelle tout de suite le commissariat principal de Marseille afin que l'on trouve au plus vite le dénommé Caillou.

Catherine reste seule avec Jeff et lui demande comment peut-il affirmer que Roger Delarche avait une liaison avec une femme de la presqu'île.

— Je l'ai rencontrée à Giens. Elle s'occupe de nombreuses locations saisonnières. C'est la voisine de Marc. Il faut aller la rencontrer.

— Oui, son témoignage me paraît essentiel.

En moins de deux heures, les trois suspects ont été amenés au commissariat de police d'Hyères et placés en garde à vue pour vingt-quatre heures. Le truand marseillais a lui aussi été interpellé et retenu dans les bureaux du commissariat du 5ème arrondissement en attendant son transfert à Hyères.

Le corps de Marc Delarche a été levé avec beaucoup de difficultés, puis transporté vers un hôpital de Toulon dans l'attente de son autopsie. La mort par balle ne fait aucun doute. Les médecins légistes vont devoir expertiser le corps et remettre leurs conclusions afin de préciser quand et dans quelles conditions Marc Delarche a été tué.

Mireille apprend la mort de Marc. Elle est visiblement sous le choc. Elle retrouve la parole face à Freslaud qui la soupçonne d'être le cerveau de ce double assassinat.

— Je me sens responsable de la mort de Roger et de Marc. Mon entêtement à ne pas vouloir donner sa chance à ce gamin m'a écartée de leur relation et je ne connais rien au fonctionnement de la brasserie.

Le commissaire ne croit pas un mot de ce qu'elle raconte. Il se montre de plus en plus pressant.

— Nous avons les preuves que le double meurtre a été préparé chez vous, par Paul et Jean-René. Des échanges de SMS entre eux et un truand marseillais ne font aucun doute. Quelques jours avant l'assassinat de votre mari, ces deux-là échangeaient à propos d'une somme d'argent qu'ils avaient prévu de se partager avant, selon eux, qu'elle soit remise à la veuve.

Mireille Delarche prend la défense de Paul en expliquant les propos contenus dans ces SMS.

— Je ne peux vous laisser accuser Paul. Jamais il n'aurait été capable d'agresser Roger ou Marc. Et je dois vous révéler des secrets que mon mari nous avait pourtant demandé de ne jamais évoquer. Oui, Paul avait reçu de l'argent en espèces des mains de mon mari. C'était son plaisir de vendre le matériel professionnel et le mobilier qui ne servait plus, et de partager l'argent entre les membres du personnel. Il avait confié cette tirelire à Paul, c'est pour cela que vous n'avez rien trouvé dans son bureau lorsque vous êtes venus. Et la veuve, c'est une expression qui désigne la caisse des œuvres sociales de son obédience. Je ne vois pas d'autres explications. Je suis étonné que Paul ait évoqué cette caisse par textos.

— Ce n'est pas Paul qui en a parlé, c'est votre cuisinier. Le moment est venu de tout nous dire concernant les activités maçonniques de votre mari. Parmi les éléments qui nous ont conduits jusqu'aux assassins, il y a cette appartenance à cette mouvance bien mystérieuse et les nombreuses absences injustifiées de M. Delarche.

— Roger est entré en maçonnerie il y a une vingtaine d'années. Les loges de Toulon cherchaient à créer de nouveaux lieux de réunions. Mon mari a proposé d'aménager les combles des dépendances de notre propriété en un petit atelier. Il en est rapidement devenu le responsable, le vénérable-maître pour parler comme eux.

— Lui arrivait-il de se rendre à Hyères pour participer à des travaux avec les membres d'un autre groupe ?

— Oui, régulièrement. La nuit au cours de laquelle il a été tué, il a participé à une tenue avec eux. Il devait rester à dormir Chez Fernand.

— Nous avons mené plusieurs perquisitions Chez Fernand, il n'y a pas d'endroit où dormir. Aurait-il réservé une chambre d'hôtel ou avait-il prévu de dormir chez quelqu'un ?

— Non, il m'a toujours dit qu'il dormait à la brasserie. Vous n'avez pas dû tout visiter !

— Je vous assure, Madame, nous avons tout visité !

Freslaud ne peut parler de Julie avant qu'elle ait été auditionnée par la capitaine Catherine Barbier mais il peut mettre Jean-René en cause.

— Vous dites que Paul n'aurait jamais agressé votre mari et son neveu. Qu'en est-il de Jean-René ?

— Depuis trois mois, son comportement a changé. Il avait demandé à rejoindre la loge de mon mari. Connaissant son manque de discrétion et son intérêt pour l'argent, Roger a refusé. Je ne sais si c'est ce refus qui l'a bouleversé mais j'ai l'impression que c'est à partir de ce moment qu'il a commencé à critiquer ses collègues et parfois même, notre façon de travailler. Il savait que je ne m'entendais pas avec Marc alors il m'a proposé de le remplacer à la tête de Chez Fernand dans le cas où nous déciderions de nous en séparer.

— Et pourtant, il était ami avec Marc !

— Je ne crois pas. Lorsque mon mari partait une journée ou deux à Hyères pour aider à la brasserie, Jean-René critiquait Marc et me conseillait même de me rendre sur place pour constater l'incompétence de mon neveu.

Freslaud cerne de mieux en mieux la personnalité du cuisinier et marque une pause dans l'audition de Mireille qu'il confie à des policiers pour la reconduire en cellule. Il a hâte à présent que Paul et Jean-René reconnaissent leur participation ou leur complicité dans ces meurtres.

Catherine Barbier est face à Paul Hermon lorsque Freslaud vient confronter les déclarations de Mireille et celles de son protégé. Le commissaire commence à s'impatienter. Il a déjà informé le Parquet de Toulon de la découverte du cadavre de Marc mais il jubile à l'idée d'appeler Colette Somar pour solliciter des mises en examen pour une ou plusieurs des personnes qui se trouvent en garde à vue. Sa question à Paul en témoigne :

— Était-ce votre relation intime avec Mme Delarche qui vous a poussé à éliminer son mari puis son neveu ?

Paul Hermon ouvre de grands yeux et se tourne vers la

capitaine pour y chercher un soutien. Il apprend à cet instant que Marc Delarche a lui aussi été tué. Il ne sait pas quoi répondre alors Freslaud repose une seconde fois la question. La voix de Paul tremble. Il fixe le néant en tentant de répondre au commissaire.

— Qu'est-il arrivé à Marc ? Qui l'a tué ? Je n'ai jamais participé de près ou de loin aux crimes dont vous m'accusez. Et je ne suis pas l'amant de Mme Delarche. Je ne comprends pas votre acharnement contre nous alors que les tueurs sont en liberté.

— Vous vous trompez M. Hermon, les tueurs sont actuellement dans nos bureaux et au commissariat du 5éme arrondissement de Marseille.

— Ce n'est pas moi, je vous le jure ! Jamais je n'aurais voulu une chose pareille !

Catherine Barbier tente de solliciter un peu plus de délicatesse de la part de son patron mais Freslaud est déterminé à connaître la vérité avant la fin de journée. Il provoque plus encore l'homme de confiance du couple.

— Quand avez-vous vu Julie pour la dernière fois ?

— Qui ? Je ne connais pas de Julie !

— Votre patron la connaissait bien, lui ! Et Jean-Pierre dit Caillou, vous ne le connaissez pas non plus ?

— Je ne sais pas de qui vous me parlez.

— Vous allez retourner en cellule jusqu'à ce que la mémoire vous revienne. Faites un effort, sinon vos oublis pourraient vous coûter cher !

Paul est reconduit en cellule, à l'écart de Mireille afin qu'ils ne puissent pas communiquer. Catherine demande à son patron la raison de son empressement à accuser Paul contre lequel elle n'a rien trouvé.

— Je ne l'accuse pas, au contraire. Je voulais avoir la certitude que mon intuition était la bonne. En le violentant un peu, j'ai obtenu plus de sincérité dans ses réactions. Ni lui, ni Mireille, ne sont à l'origine des meurtres. Ils ont voulu respecter leur promesse de ne rien dire à propos des activités maçonniques de Roger et se sont exposés à nos soupçons. Ce silence et cette complicité ont profité au cuisinier mais lui, il ne va pas nous échapper. Avez-vous trouvé cette Julie à Giens ?

— Oui, Jeff m'a mise en contact avec elle. À propos de Jeff, il prépare un article qui sera publié demain matin dans plusieurs quotidiens nationaux et diffusé dès ce soir sur BFM. Il vous rappellera dans une heure pour savoir si l'une de personnes actuellement en garde à vue sera déférée au parquet de Toulon.

— Il y en aura au moins deux, peut-être trois ! Qu'il nous laisse travailler sans pression et nous tiendrons notre promesse, il aura son exclusivité !

Julie est effondrée lorsqu'elle arrive au commissariat entre deux policiers. Elle prenait un café en terrasse place Saint-Pierre de Giens lorsqu'elle a été interpellée. C'est devant ses amis qu'elle a appris qu'elle était convoquée au commissariat pour y être entendue à la suite de l'assassinat de son amant, et celui de son ami Marc. Elle est en pleurs et très angoissée. Elle sait que Mme Delarche est également dans les locaux. C'est la capitaine de police qui est chargée de son audition.

— En aucun cas je ne suis là pour vous juger, lui précise Catherine. Nous voulons comprendre ce qu'il s'est passé et identifier les auteurs de ces crimes. Vous est-il arrivé d'aller vous installer en terrasse au Port du Niel en compagnie de Monsieur Roger Delarche ?

À l'évocation de ce souvenir heureux, elle fond en larmes.

— Oui, il nous arrivait souvent d'y déjeuner. Puis, nous marchions sur la digue avant de nous assoir sur les rochers, face à la mer pour admirer Porquerolles.

— Saviez-vous qu'un maître-chanteur vous avait photographiés et menaçait M. Delarche de tout révéler à son épouse ?

— Non ! Roger ne m'a jamais parlé de ça.

— Lorsque M. Delarche venait à Hyères, il allait à la brasserie ou il venait vous voir ?

— Je ne souhaite pas répondre à cette question !

— Il le faut, Julie. Vos silences vont vous conduire à une mise en examen pour complicité de meurtre. Je vous en prie, pour nous aider à retrouver les auteurs de ces crimes, il faut me dire ce que vous savez.

Julie éclate en sanglots et se confie totalement à Catherine comme pour évacuer une douleur profonde.

— J'ai connu Marc lorsque nous étions jeunes. Nous

étions très proches mais il n'y a jamais eu de flirt entre nous. Je me suis occupé de ses chambres d'hôtes jusqu'à ce qu'il les revende pour aller travailler au port Saint-Pierre. C'est à ce moment que j'ai connu Roger, un homme formidable. Nous nous aimions profondément. Il m'aidait à vivre mieux.

— Que voulez-vous dire ?

— Vous savez, m'occuper des locations saisonnières ne me permet pas de gagner correctement ma vie. Roger a décidé de me salarier à la brasserie sans que j'y travaille. Il m'a aussi offert un forfait pour mon portable. Cela m'a permis de m'installer dans une petite maison de pêcheur à la Madrague. J'étais heureuse. Marc était mon voisin. Il était lui aussi très reconnaissant de tout ce que son oncle faisait pour lui.

— C'est donc vous qui étiez la bénéficiaire des deux abonnements téléphoniques facturés à la brasserie.

— Roger en avait un et moi l'autre. Cela nous permettait de communiquer discrètement et librement. Il utilisait aussi ce numéro pour ses activités associatives.

— Vous voulez dire maçonniques ?

— C'est pareil ! N'allez pas croire qu'il avait des choses à cacher.

— D'après vous Mireille Delarche ou Paul Hermon auraient-ils pu commanditer ou commettre ces crimes ?

— Sa femme me semble être une femme sans envergure, ni méchanceté. Quant à Paul, Roger l'adorait et avait une entière confiance en lui. Il voulait trouver un accord avec sa femme Mireille afin que Paul soit en partie héritier de leur succession sans pour autant priver Marc de la brasserie.

— Et Jean-René, le cuisinier ?

— Un jour, nous étions Roger et moi en train d'admirer le panorama sur la presqu'île depuis la terrasse de l'ancien château de Giens. Il était là lui aussi. Roger s'est vite éloigné de moi et il est allé lui parler. Ensuite, il m'a appelée sur mon portable pour me dire de rentrer à pied pour nous retrouver à la maison. Je crois que ce monsieur était de repos et se trouvait là par hasard.

— Sauf que c'est lui qui a demandé à un truand de vous espionner et de vous photographier !

— Maintenant que vous me dites ça, je me souviens que Marc m'a également parlé de ce Jean-René. Il était en colère contre lui parce qu'il voulait prendre sa place à la brasserie. Je crois qu'il avait dit à Marc que le jour où il arrivait quelque chose à Roger, Mme Delarche lui confierait la gestion de la brasserie. Vous croyez qu'il est mêlé à ces meurtres ?

— J'en ai bien peur et grâce à votre témoignage, nous allons le faire tomber. Vous pouvez être fière d'avoir honoré la mémoire de M. Delarche et de Marc. Je suis contrainte de vous garder à vue jusqu'à ce que l'on obtienne ses aveux. Nous allons également devoir informer Mme Delarche de votre existence et d'évoquer votre relation avec son mari. J'en suis désolée.

Julie est reconduite à son tour en cellule. Elle passe devant celle où se trouve Mireille Delarche puis un peu plus loin, elle voit Paul. Elle a été invitée à déposer tous ses effets personnels à la consigne ainsi que ses bijoux, dont une jolie bague offerte par Roger.

Plus que jamais, Julie est seule au monde.

RETRAITE

Le commissaire Freslaud est en très grande forme lorsque la capitaine Catherine Barbier entre dans son bureau. Cordoba vient d'obtenir les aveux partiels de Jean-René. Il a reconnu sa déception d'avoir été refusé en franc-maçonnerie par Roger Delarche mais surtout, il a admis qu'il convoitait la place de Marc à la brasserie Chez Fernand. Il est en train de s'empêtrer dans des explications irrecevables à propos de ses échanges avec Facceti. Leur confrontation dans les prochaines heures va permettre aux enquêteurs d'aller plus loin dans la résolution de l'enquête.

— Alors Catherine, qu'avez-vous obtenu auprès de cette charmante personne ?

— Je suis triste pour elle. C'est une personne sincère qui était la maîtresse de Roger Delarche et l'une des meilleures amies de Marc. C'est elle et Roger qui profitaient des forfaits téléphoniques que nous cherchions.

J'ai aussi compris pourquoi que M. Delarche cachait la comptabilité de la brasserie à son épouse. Il avait offert un emploi à Julie en la salariant Chez Fernand, où elle n'a jamais travaillé. C'est chez elle que Delarche allait quand il prétendait être au port ou en déplacement professionnel. Son témoignage accable le cuisinier qu'elle a vu à Giens lorsqu'elle se trouvait avec M. Delarche.

— Voilà de bonnes nouvelles. Il est temps que ce Jean-René crache le morceau. Demandez au médecin-légiste s'il serait possible d'obtenir son rapport d'expertise avant la fin de la garde à vue de ces personnes.

Les policiers marseillais viennent de remettre Jean-Pierre Facceti, allias Caillou, à leurs collègues hyérois. C'est une véritable armoire à glace. Il ne mesure pas loin de deux mètres et possède « une gueule » , comme on dit au cinéma. Il a aussi la particularité d'être stupide. Cordoba, qui a rejoint les fonctionnaires le conduisant en cellule, en est même surpris. En passant devant la cellule où se trouve Jean-René, Facceti l'agresse verbalement en livrant de précieuses informations :

— Salut JR ! Je te préviens, si tu m'as chargé pour te sortir d'affaire, tu vas le payer. J'ai mis un contrat sur ta tête. Je n'aurais jamais dû marcher dans tes combines.

Un peu plus loin se trouvent Paul puis Julie. Il sourit en passant devant elle. Julie ne peut contenir son émotion.

— C'est lui ! Je l'ai déjà vu devant chez moi à Giens. Sortez-moi de là, je ne veux pas rester dans cette cage près de ce type. Assassin ! Assassin !

Mireille appelle à son tour Cordoba pour savoir qui sont ces personnes. L'enquêteur lui répond que Julie est l'amie de Marc et que l'autre est un témoin.

Freslaud décide d'entendre Facceti et de le charger au maximum. Cordoba et Catherine Barbier participent à cette audition.

— Facceti, votre ami Jean-René nous a bien renseigné sur vos états de services et regrette d'avoir repris contact avec vous. Il vous accuse d'avoir tenté de cambrioler le bar-tabac Chez Fernand la nuit du drame, d'avoir été surpris par le propriétaire que vous avez tué avant de revenir vous attaquer à son neveu.

— Ce type est une ordure, c'est lui qui m'a contacté pour me proposer un coup qui devait être simple à réaliser. Il voulait menacer le vieux pour l'obliger à virer le mec de la brasserie afin de prendre sa place.

Catherine Barbier prend la suite de son patron pour charger le truand marseillais dont les empreintes ADN correspondent à celles trouvées sur la BMW et sur les cadavres de Roger et de Marc. Voleur multirécidiviste, il n'a jamais été impliqué dans une affaire criminelle et n'était pas, jusqu'à présent, fiché dans la banque de données nationale des ADN. Désormais c'est fait !

— Grâce à la dénonciation de Jean-René, nous vous avons identifié et, vos empreintes digitales et vos traces ADN ont été relevées sur les scènes de crimes. Si vous ne parlez pas, ce sont ses propos qui nous permettront de vous écrouer, et de le remettre en liberté.

Caillou n'est pas très résistant face aux méthodes brutales des policiers. Il tombe dans leur piège et balance tout sur celui qu'il surnomme JR.

— JR m'a payé pour prendre des photos de son patron avec la fille qui est en bas. Ensuite, il a voulu que je menace le vieux alors, il m'a indiqué où et à quel moment je pouvais l'attraper. Nous l'avons attendu un soir pas très loin du Théâtre Denis où sa voiture était stationnée. Il n'y avait personne dans la rue. Je l'ai menacé avec une arme et je l'ai obligé à monter dans le coffre de sa BM. J'ai forcé pour fermer. JR a conduit la voiture jusqu'à un grand parking à l'extérieur de la ville. Nous devions juste lui dire que s'il ne virait pas le mec de la braserie, je remettrais les photos à sa femme. Mais quand on a ouvert le coffre, il était mort. Je ne sais pas ce qu'il s'est passé.

— Vous lui avez fracturé les cervicales en forçant la fermeture du coffre ! ajoute Freslaud en colère. Votre ami JR a oublié de nous dire qu'il était présent à vos côtés. Pourquoi avoir abandonné le véhicule à cet endroit ?

— Nous avons paniqué parce que je vous jure, monsieur le Commissaire, je ne voulais pas le tuer.

— Ce sera aux membres du jury d'assises que vous devrez expliquer ça. Et la mort de Marc Delarche, ce n'est pas un accident ?

— JR m'a expliqué que le gars voulait nous dénoncer. Il m'a dit qu'il fallait s'en débarrasser avant qu'il nous balance. Pour sauver notre peau, nous avons décidé de le tuer. JR m'a indiqué le lieu où il garait sa voiture sur le port. Je l'ai attendu avec un pote puis nous l'avons braqué. On l'a contraint à monter dans une camionnette de location et nous avons roulé jusqu'à l'Ayguade. Un peu plus loin, sur la droite, nous avons trouvé un parking. Là nous l'avons fait descendre, puis nous l'avons assommé et je l'ai abattu d'une balle derrière la tête. Ensuite, on l'a balancé dans la ruine que JR m'avait indiquée.

Une fois ces aveux obtenus, les policiers réunissent les deux criminels pour une confrontation musclée. Facceti comprend qu'il a été piégé, que Jean-René n'avait pas parlé et que c'est lui qui a tout balancé. Freslaud appelle Colette Somar au Palais de Justice de Toulon. Il savoure ce moment. Les deux hommes seront mis en examen pour association de malfaiteurs, tentative d'escroquerie, complicité de meurtre et dissimulation de cadavres. Leur placement immédiat en détention ne fait aucun doute. Cordoba n'oublie pas Jeff qui est maintenant totalement libre de publier et diffuser les informations, photos et vidéos qu'il possède. Catherine demande qu'on lui amène Julie.

— Vous allez retrouver la liberté, cependant nous aurons besoin de vous entendre à nouveau afin de remettre un dossier le plus complet possible à la justice.

Paul et Mireille sont également libérés.

Alors que Facceti est reconduit en cellule, Jean-René est une nouvelle fois entendu par les enquêteurs.

Il justifie les meurtres par son envie d'obtenir la gérance de Chez Fernand.

— Je savais que Madame n'appréciait pas Marc et que Monsieur était très attaché à la brasserie. Aux Trois Marches, il n'y en avait que pour Paul. Un jour que j'étais de repos, je me trouvais sur le port d'Hyères quand Monsieur m'a appelé. Il prétendait être avec Marc au bar-tabac alors que je venais d'y passer et qu'on m'avait dit que Marc était chez lui. Par curiosité, je suis allé à la Madrague, la voiture de Monsieur était là. Je me suis dit qu'il cachait quelque chose. J'ai attendu et je l'ai vu partir avec la fille. J'ai voulu me venger.

— En quoi cette histoire d'amour vous regardait et vous venger de quoi ? demande Catherine.

— Les Trois Marches, c'est moi. C'est parce que je suis talentueux que les clients viennent. J'étais très intéressé par la loge que vous avez découverte sur place. Monsieur m'a dit qu'il ne voulait pas de moi. Et là, il me mentait pour protéger cet incapable de Marc et la fille. J'ai demandé à quitter le Pont-du-Var pour travailler Chez Fernand. Il a encore refusé. C'est là que j'ai eu l'idée de le pousser à virer Marc en le menaçant de révéler sa liaison à Madame. Tout a échoué. Marc s'est souvenu que je lui avais dit que, si un jour il arrivait malheur à Monsieur, Madame ne tarderait pas à le remplacer à la brasserie. Quand vous l'avez soupçonné d'être à l'origine de la mort de Roger, il m'a téléphoné pour me dire qu'il avait une idée de la personne à qui profitait la disparition de son oncle. J'ai eu peur qu'il vous parle de cette déclaration et d'être à mon tour soupçonné.

Freslaud veut comprendre la raison de ces messages codés. Jean-René répond avec une certaine fierté :

— Je voulais mouiller les francs maçons qui m'ont rejeté. Vous y avez longtemps cru ! Vous voyez, je connais bien leurs activités et leur langage !

La fin de l'audition met en valeur l'amateurisme des deux tueurs. Quelques heures plus tard, le Procureur de la République confirme la convocation des deux complices devant la Juge d'instruction qui ordonne leur placement en détention à la maison d'arrêt de La Farlède.

Freslaud peut partir en retraite la tête haute. Jeff lui offre son heure de gloire en réalisant son interview pour les journaux télé de la soirée. Il sera encore en vedette dans la presse nationale de demain. Les journalistes présents à Hyères participent en nombre à la conférence de pesse du procureur. Freslaud et son équipe y sont félicités pour le travail efficace qui, en quelques semaines, a permis l'arrestation des auteurs de ces crimes.

Quelques mois plus tard, Jeff est de retour à Hyères à l'invitation de Cordoba et de Catherine. Une cérémonie est organisée en l'honneur de leur patron à l'occasion de son départ en retraite. Les élus locaux, les représentants de la Préfecture, du Palais de Justice, de la presse et quelques notables se succèdent pour le remercier de tout ce qu'il a apporté à la circonscription de police durant ses années de présence.

Freslaud ne pouvait rêver mieux avant de quitter définitivement le commissariat d'Hyères.

Du même auteur :

Les amants de PORQUEROLLES

Un été à Porquerolles, Natacha, une touriste originaire des pays de l'Est, disparaît sur l'île. Morin, brigadier-chef réputé du commissariat d'Hyères, est chargé de l'enquête.

Tout accable Antoine, un loueur de vélo de l'île, pourtant apprécié par les Porquerollais.

Toutes les pistes sont explorées !

Journaliste au service Faits Divers de *Libération*, Jeff débarque à Porquerolles pour y mener un travail d'investigation sur fond de forte jalousie, trahison, et règlements de comptes politiques.

...

Les amants de Porquerolles s'inscrit dans la pure tradition des intrigues policières. Les scènes se déroulent sur l'île de Porquerolles et dans les quartiers d'Hyères, à l'Ayguade, à La Capte et à Giens, rendant l'intrigue policières encore plus passionnante et agréable à lire.

AUBERT COMMUNICATION
Éditions Coline Julien
4 Lotissement La Francette
Le Partegal
83160 La Valette du Var

Imprimé par :
CPI Firmin Didot
27650 Mesnil-sur-l'Estrée

N° d'impression : 158637

Écrire à :
Olivier AUBERT
www.olivier-aubert.fr
contact@olivier-aubert.fr

Achevé d'imprimé en France le 24 juin 2020
Dépôt légal : Juin 2020. ISBN 978-2-9555968-2-1